W0303399

JE MARCHE À PLUSIEURS

RUDDY-WILLIAMS KABUIKU

JE MARCHE À PLUSIEURS

fleuve
ÉDITIONS

Fleuve Éditions
92, avenue de France – 75013 Paris
serviceclients@lisez.com

Le Code de la propriété intellectuelle n'autorisant, aux termes de l'article L. 122-5, 2e et 3e a, d'une part, que les « copies ou reproductions strictement réservées à l'usage privé du copiste et non destinées à une utilisation collective » et, d'autre part, que les analyses et les courtes citations dans un but d'exemple ou d'illustration, « toute représentation ou reproduction intégrale ou partielle faite sans le consentement de l'auteur ou de ses ayants droit ou ayants cause est illicite » (art. L. 122-4).
Cette représentation ou reproduction, par quelque procédé que ce soit, constituerait donc une contrefaçon sanctionnée par les articles L. 335-2 et suivants du Code de la propriété intellectuelle.

© 2026, Fleuve Éditions, un département d'Univers Poche.
ISBN : 978-2-265-15945-7

Dépôt légal : janvier 2026

LE CASTING

Le casino gagne toujours

6 juillet 2015.

J'entendais les pas du surveillant depuis ma cellule. À sa manière de marcher, ça pouvait être que Jérôme. Y a personne qui marche comme Jérôme. Il avançait dans la coursive, d'un pas déterminé, en triturant son ceinturon qui a comme double fonction de rehausser son bide et de maintenir ses accessoires de torture à portée de main. Entre la matraque, le taser, la lacrymo, Monsieur avait de quoi faire… Son choix se porta sur son trousseau de clés.

Bienvenue dans mon humble demeure ! Petit tour du proprio en deuspee : face à nous la fenêtre, les rayons du soleil trouvent toujours le moyen de s'incruster à travers les barreaux. J'aimerais bien sortir, c'est comme si ces connards faisaient le chemin inverse juste pour me narguer. On est sur un emplacement plein sud ; des fois, ça tape tellement que je suis obligé de me réfugier au rez-de-chaussée du lit superposé.

À gauche de l'entrée, y a l'trône. Bon, l'eau peut paraître un peu floue, mais c'est juste que le truc a pas été détartré depuis le déluge. À côté des toilettes, y a la table. Toutes mes affaires importantes sont posées sur cette table : ma bouffe, mon livre de maths et ma PlayStation 3.

Un peu plus haut, accroché au mur, il y a ce qu'on appelle un téléviseur. Vous vous rappelez le gros machin avec le cerveau qui traîne derrière ?! Ouais, c'est ça.

Ces mains noires qui bougent à toute vitesse sur la manette : ce sont les miennes, celles d'un pro de Street Fighter. J'exagère à peine, hein ! Quand t'es cloîtré 22 h/24 h dans une cellule pendant une pige, t'as le temps de devenir pro à n'importe quelle activité que t'entreprends. Le mec avec qui je partageais ma cellule était pas juste un branleur, mais un branleur professionnel.

J'étais pris au milieu d'un combat entre Guile et Maître Bison. L'ordi avait gagné le premier round, j'avais gagné le deuxième, il restait le troisième pour nous départager. Je lâchai un : « J'ai presque terminé ! » à Jérôme, histoire qu'il prenne son mal en patience.

Monsieur eut le culot de me demander avec quel perso je jouais. S'il me connaissait, il saurait que Guile, je peux pas me le voir ! Un militaire blond, aux yeux bleus, qui représente les intérêts du complexe militaro-industriel américain, franchement. J'avais pris Maître Bison, l'un des rares combattants noirs du jeu. Dans la back story des personnages, Bison faisait partie d'une organisation mafieuse mondiale comme Balrog, Dhalsim et tous les autres perso du jeu avec un degré plus ou moins élevé de mélanine. Coïncidence ?!

Qu'à cela ne tienne, moi, j'ai toujours eu un faible pour le méchant du film. Celui qui sait qui il est, qui fait ce qu'il a à faire. Qui s'embarrasse pas à essayer de se donner le beau rôle. Et surtout qui vient pas nous saouler avec sa morale, le bien, le mal, les gentils, les méchants. Tout est une question de perspective : les gars les plus gentils que je connais ont des réputations de salauds.

Bref, ma barre d'énergie était aux trois quarts rouge, j'avais quasiment un pied dans la tombe. J'enchaînais un sonic boom suivi d'un high kick et de deux petits jabs bien sentis et je reprenais déjà un peu de couleur. Il me restait plus qu'à mettre un seul coup ! Mais ça, c'était sans compter sur l'ego de l'ordinateur. Avant d'avoir eu le temps de comprendre ce qui m'arrivait, j'étais K-O sur le sol et ce connard de G. I. se brossait les cheveux, faisant tomber ses pellicules sur mon corps inanimé. Tchip !!!

Choqué, je partageai mon indignation avec Jérôme, le seul témoin présent. Tout ce que ce bouffon trouva à me dire c'est que la maison gagne toujours. Il avait raison sur toute la ligne, sauf sur le timing : est-ce que c'est le genre de choses que tu sors à un gars qui va jouer sa liberté devant le juge ?!

Au fait, je suis un ouf, moi : j'ai carrément zappé de me présenter ! Le prénom, c'est Curtis. Le numéro de matricule, 63374 B. Le B, c'est pour Batubingila, mon nom de famille. Je suis français d'origine congolaise, un *Mwana Mboka* comme on dit chez nous. J'ai grandi au Pont de Bois, pas loin de Lille. D'après mon baveux, enfin mon avocat, y avait une bonne chance que j'y reparte aujourd'hui si je faisais les choses bien, donc j'enfilai la chemise blanche que j'avais empruntée à Steeve, un gars avec qui je tourne en promenade.

La promenade ? C'est un peu comme la cour de récré à l'école. On en a deux heures par jour, histoire de s'activer les jambes. C'est là-bas que j'ai rencontré Steeve, on a tellement accroché que j'ai commencé à traîner avec lui malgré le fait qu'on fasse pas partie de la même maison. Ah oui, parce qu'en taule, c'est comme dans *Harry Potter* ou *Game of Thrones*, y a plusieurs maisons.

D'abord, y a les dealers. Eux, c'est le capitalisme sauvage, la cause numéro 1 de surpopulation des établissements pénitentiaires. Du vendeur au détail, en passant par le conducteur de go fast, jusqu'au vendeur en gros, ils sont partout ici, c'est a-bu-sé. Bandit pour moi, ça rime avec liberté, avec rébellion, mais les narcos, eux, ils ont des horaires comme s'ils allaient au bureau. Ils ont même un service compta, pour te dire. En gros, c'est des putains d'employés. Après, je comprends, la drogue, ça rapporte, hein ! Je suis sûr que j'aurais fait un bon dealer. D'ailleurs, on a d'jà essayé de me recruter plusieurs fois. Mais bon, *je suis pas sorti du ventre de ma mère pour vendre de la merde**[1].

Après, y a les braqueurs, on est un peu la noblesse, l'aristocratie du banditisme : tout le monde respecte un gars qui entre dans un endroit et se sert, parce que tout le monde rêverait d'avoir les couilles de le faire. Quand les femmes vous disent que la chevalerie est morte, elles ont pas tort : malheureusement l'âge d'or du braquo est derrière nous. Avec les évolutions technologiques, tout est devenu plus… compliqué. Tout est automatisé, y a plus de liquide nulle part. Malgré tout, j'ai un petit filon pour les braqueurs dans l'âme : attaquez-vous aux dealers. Non seulement y a du cash à se faire, mais en plus, y a très peu de chances qu'ils aillent porter plainte. Par contre, s'ils vous retrouvent, c'est pas derrière les barreaux que ça va se terminer !

Ensuite, y a les frères Muz, on les reconnaît au combo : barbe, djellaba, Air Max. Rien que pour l'uniforme, j'aurais pas

1. Les phrases en italique suivies d'un astérisque sont référencées en fin d'ouvrage, page 231.

pu les rejoindre. Mais de toute façon, je suis pas la cible : ils recrutent plutôt des brebis égarées sans famille, sans repères, souvent d'origine maghrébine. Et en l'espace de quelques mois, ils te les transforment en soldats disciplinés. J'avoue, au début de ma peine, je les regardais en bizarre : tu peux pas en même temps être dans le dîn et dans le deal, faut faire un choix. Mais après les attentats de *Charlie Hebdo*, j'ai compris que tout était possible, même commettre l'irréparable.

Y a les violeurs aussi. Avec eux, faut vraiment pas se fier aux apparences, certains ont l'air bien sous toutes coutures, ont des têtes de M. Tout-le-Monde. Les pointeurs, comme on les appelle ici, sont un peu hors catégorie. Ils font l'unanimité en taule : ils sont méprisés par les taulards et par les matons qui détournent volontiers le regard quand l'un d'entre eux se fait défoncer… Ou même violer ! Pour info, pointer un pointeur en prison ne fait pas de vous un pointeur. Ouais, moi aussi j'ai eu du mal à comprendre le concept au début, mais c'est comme tout, on s'y fait.

Bon, y a quelques tueurs. Je dois admettre que j'ai étudié le doss de loin, très loin, pour des raisons évidentes, donc je peux pas vous en dire grand-chose. La maison la plus sous-représentée, et de loin, c'est celle des proxénètes. Steeve en fait partie, il en est l'unique membre, au placard, en ce moment. Mais il déteste qu'on l'appelle proxo, mac ou gigolo d'ailleurs. Le gars préfère se décrire comme un fin psychologue. Selon lui, j'ouvre les guillemets : mettre une fille sur le tapin est un art qui n'est pas à la portée de tout le monde. Je ferme les guillemets.

Pas de survêts ou de pulls à capuche, Sir Steeve met un point d'honneur à porter des chemises et des pantalons à pinces comme il le faisait dehors. Pourquoi je vous raconte tout ça, encore ?! Ah oui, Steeve m'a prêté une chemise blanche pour mon audition. Suicide oblige, y a pas de miroir dans les cellules, je demandai donc son avis sur ma tenue à Jérôme, qui s'impatientait. Le maton m'assura que tout était OK, mais que je devrais peut-être enlever le peigne en bois que j'avais oublié dans mon afro.

Mon histoire d'amour avec ma chevelure a commencé vers l'âge de 12 piges après être tombé par hasard sur un documentaire Arte sur « les Indiens d'Amérique » ou plutôt les premiers occupants du continent. J'y apprenais que, pendant la conquête de l'Ouest par les Yankees, certains autochtones se sont battus contre l'envahisseur. D'autres tribus ont pactisé avec lui en en profitant pour éradiquer des tribus ennemies. Et y avait aussi les mercenaires indigènes qui ont vendu leurs services à titre individuel. Ils ont rejoint l'armée américaine en tant qu'éclaireurs. Ces gars-là étaient magiques : lors des incursions en territoire ennemi, ils étaient capables de déterminer avec précision le nombre de personnes à un endroit, éviter les pièges tendus et les embuscades en tous genres. En gros, ils pouvaient percevoir le danger.

L'armée gagnait du terrain et les éclaireurs de l'argent. Tout le monde était content. Jusqu'au jour où, pour des questions « morales », le haut commandement a décidé qu'il était temps de civiliser tous les sauvages, en commençant par ceux dans ses rangs : les éclaireurs autochtones étaient dorénavant dans l'obligation de se couper les cheveux. Pour eux, cette directive était inacceptable : dans leurs traditions, on les laissait pousser toute la vie jusqu'à ce que l'on meure de vieillesse ou que l'on se fasse arracher le scalp. Mais l'armée leur a tellement mis la pression qu'ils ont fini par céder. Et là… Du jour au lendemain, ils ont perdu leur pouvoir d'orientation, leur capacité à sentir le danger, mais, bien plus que ça, ils avaient perdu leur putain d'identité ! Moi, personne ne touchera à mon afro.

J'avançais d'un pas déterminé dans les coursives, forçant Jérôme à suivre ma cadence. À chaque sas de sécurité, j'échangeais des blagues avec des prisonniers ou des porte-clés, enfin, les surveillants de prison. Jérôme m'indiqua une autre porte dont il connaissait le secret. Quand il l'ouvrit, j'aperçus une dizaine de prisonniers entassés, en attente de jugement. Après avoir passé des mois ici, j'en étais venu à la conclusion que la taule, c'est comme la case prison au Monopoly. On était là, à passer notre tour, pendant que les autres dehors essayaient de construire des hôtels et des pâtés de maisons.

— Monsieur Batubingila !

Le président de la cour avait écorché mon nom. C'était pas la première fois, ni la plus traumatisante. Je me souviens encore de la rentrée des classes de sixième. Ce jour-là, le proviseur adjoint avait fait l'appel du haut des escaliers donnant sur la cour où les élèves attendaient leur affectation. Le bâtard avait tellement charcuté mon blaze qu'une centaine d'élèves s'étaient mis à rire à tue-tête... y compris mes potes. J'avais fait le gars impassible, j'avais souri même, mais à l'intérieur de moi c'était le feu ! Je me souviens encore de la chaleur qui me montait aux joues, de la sensation électrique de la laine de mon pull au contact de la sueur de ma peau. Dieu merci, j'étais physiquement incapable de rougir, parce que si mon corps avait pu me trahir ce jour-là, on m'aurait pas lâché de toute l'année scolaire.

À mon retour à la baraque, j'avais demandé à la daronne si je pouvais prendre son nom de famille, à la place de celui de mon père. Il était plus facile à prononcer, sonnait beaucoup plus européen. Ma mère, qui a plus tendance à aboyer qu'à parler, avait dû sentir que j'étais pas bien, parce qu'elle s'était adressée à moi sur un ton extrêmement doux. Elle a répété mon nom plusieurs fois comme une incantation : BATUBINGILA, BATUBINGILA. BA-TU-BIN-GI-LA. Sorti de sa bouche, il sonnait tellement… majestueux !

Maman prit le temps de faire ce que mon père n'avait jamais considéré comme utile : m'expliquer la signification de son nom. Donc du mien. J'appris avec surprise qu'en tshiluba, il avait un double sens, il pouvait signifier « Huez-le » ou « Acclamez-le ». Après qu'elle m'avait dit ça, il était plus question de changer mon blaze. J'avais un vrai nom de caille-ra !

Maman m'avait donné le feu vert pour corriger mes profs. À chaque entrée en classe, chaque appel, j'avais qu'une seule idée : les traumatiser publiquement pour qu'ils ne commettent plus la maladresse de dé-respecter mon nom. Mais devant le président de la cour, je fermais ma gueule. La feuille de route était claire : je devais les convaincre de me laisser sortir. Et pour ça, fallait faire profil bas, quitte à faire le canard.

Le jury était composé de cinq personnes et, à part le procureur qui avait une tête de connard de procureur, c'était impossible de déterminer qui était de gauche ou de droite. La faute à leur vieille cape noire qui les rendait tous pareils. J'avais trois atouts qui me distinguaient des gars qui allaient passer avant et après moi.

Déjà, j'avais opté pour une chemise au lieu du polo Lacoste ou du pull à capuche ou du pull à capuche Lacoste. J'avais insisté pour que Steeve m'en prête une blanche.

Blanche, parce que ça représente la pureté, l'innocence. Quand j'expliquais ça à Steeve, il pensait que je délirais. Mais pour moi, ceux qui sous-estiment le poids des symboles sont soit ignorants de leurs privilèges soit ignorants tout court.

Mon deuxième atout, c'est ma maîtrise du français. Je parle l'argot comme personne, mais pas que : quand j'étais en sixième, la daronne qui ne supportait pas de me voir gaspiller mon temps devant la console s'est mis en tête qu'il fallait que je lise tous les classiques de la littérature française. Elle m'a forcé à sucer du Hugo, à avaler du Dumas, à cracher du Zola, avant d'avoir le droit de jouer à Street Fighter ou Mortal Kombat. *Les Misérables*, *Le Rouge et le Noir*, *L'Assommoir*. « L'assommoir », on pourra pas accuser le gars d'avoir menti sur la marchandise, tout était déjà dans le titre !

La lecture, ça m'a bien préparé pour le bac de français que j'ai eu sans forcer. Ça m'a aussi permis de m'évader de ma cellule quand les journées étaient insupportables. Le français, c'est un délire quand même : dès que t'atteins un certain niveau, tu peux insulter les gens en utilisant un vocabulaire distingué.

Même si j'ai quelques mots sophistiqués dans mon arsenal, là, il était pas question de flamber. Mes juges voulaient faire une B.A. et, pour que ça marche, j'avais intérêt à endosser le rôle du petit négro victime de son environnement. Fallait donc s'en tenir au basique : pas de « si j'aurai », ni de « ouais » ou de « wesh ! ». Juste des phrases courtes, claires et intelligibles. Mon troisième atout et pas des moindres, c'était… Putain, je suis désolé, j'ai oublié c'était quoi, mais ça me reviendra !

— L'objectif de cette audience, qui s'inscrit dans le cadre de votre demande d'aménagement de peine, est de déterminer si vous représentez ou non une menace à l'ordre public.

J'acquiesçai sagement tout en pensant que ces gars-là se foutaient de ma gueule. Curtis Batubingila, une menace à l'ordre public ?! Sarko était une menace à l'ordre public, Hollande aussi, Strauss-Kahn dans un autre registre. J'avais beau avoir une haute estime de ma personne, faut pas exagérer, j'étais juste là pour avoir braqué des livreurs de matos électroniques.

Pas le temps de rêvasser, le procureur me ramena sur terre en adoptant le ton passif-agressif du collégien qui s'est fait traumatiser pendant sa scolarité et qui veut prendre sa revanche contre le monde.

— Bien que ce soit votre première condamnation, la police soupçonne votre implication dans, au moins, cinq autres cas de vol de matériel électronique. Qu'est-ce que vous avez à répondre à ces accusations ? Êtes-vous enfin prêt à nous communiquer le nom de votre complice ?

Pendant le jugement, j'avais prétendu avoir agi seul, ce qui était tout bonnement impossible et contredisait les témoignages de la plupart des victimes. Ces mensonges m'ont coûté cher, on m'a collé deux ans, dont 18 mois ferme, ce qui était une peine plutôt lourde pour un primodélinquant.

Je n'eus même pas le temps de bégayer une réponse que mon baveux, maître Brûlé, était déjà en train de répliquer :

— Je ne savais pas que nous étions réunis pour refaire le jugement de mon client qui, je vous le rappelle, a déjà été condamné.

Brûlé avait tellement refroidi les ardeurs du proc que la température dans la salle était retombée de 2 degrés au moins.

Ça m'est enfin revenu, mon troisième atout, c'était maître Brûlé, mon avocat blanc. Brûlé portait bien son nom, avec le coût de ses honoraires, il cramait mon cash comme si c'était de l'argent sale. (Bon, c'en était, hein, mais c'est pas une raison.) Toutefois, il avait réussi là où mon ancien avocat avait échoué : maître Kasongo était un ami de la famille. Il était plutôt sympa et nous arrangeait au niveau des honoraires. En plus, il était bon, même meilleur que Brûlé. Ses délibérations étaient précises, ses argumentaires sans failles et, pour couronner le tout, il avait un putain de flow. Mais il ne m'avait pas obtenu ma condamnation.

Oui, oui, je parle bien de condamnation parce qu'avant d'espérer obtenir une permission de sortie, ou une libération anticipée, il faut d'abord être condamné. Mais si un juge veut te punir de ton manque de coopération, ou s'il est tout bonnement dépassé par sa charge de travail, il peut prendre tout son temps pour le faire. Du coup, tu restes dans les limbes, une sorte d'entre-deux, en attendant d'être enfin condamné ou innocenté, on appelle ça le mandat de dépôt.

Obtenir une condamnation dépend plus du réseau de ton avocat que de ses compétences. Preuve en est, Brûlé, qui avait deux fois moins de talent que Kasongo, m'obtiendra une condamnation en deux-deux. Qu'est-ce que vous voulez que je vous dise : devant la justice, comme en musique, une note noire vaut deux fois moins qu'une blanche.

Après s'être raclé la gorge, pour rester dans les graves, le président reprit la parole pour calmer le jeu.

— Monsieur Batu… Monsieur, qu'est-ce qui vous empêcherait de récidiver si vous étiez libéré ?

Il me fallut un court moment de réflexion avant d'oser prendre la parole. Ma liberté allait se jouer sur ma réponse à cette question piège. Elle ne devait pas se contenter d'être honnête, il fallait aussi qu'elle soit convaincante, qu'elle évoque du regret, qu'elle crée de l'empathie. Le challenge consistait aussi à rester dans les aigus, histoire de me rendre le moins menaçant possible. Vous comprenez, l'homme blanc est une espèce fragile, sensible même.

— Parce que ma Maman me tuerait.

La phrase était sortie de ma bouche comme si c'était la première fois que je la prononçais. Ma courte réponse, de 6 mots et de 10 syllabes, avait pris le jury par surprise. Il lui fallut un petit moment avant que ça lui monte au cerveau. Un peu plus longtemps pour qu'il comprenne que j'avais fini d'argumenter. Finalement, le jury se mit à rire comme un seul homme. C'était contagieux et presque coordonné, ils étaient tous en train de rigoler de bon cœur. À ce moment-là, je me suis dit que Brûlé avait raison, j'avais peut-être une chance de sortir. Le proverbe qui dit : « Femme qui rit est à moitié dans ton lit », c'est pas des conneries. C'est dur de refuser quelque chose à quelqu'un avec qui t'as ri de bon cœur. Mais bon, y en avait un qui refusait de se joindre aux festivités.

— Ça ne vous a pas empêché la première fois !

Je remarquai que les membres du jury soupiraient ou roulaient des yeux en réaction au commentaire du procureur. Ils ne pouvaient visiblement pas le piffrer. Ça n'avait pas échappé à maître Brûlé, qui profita de ce moment de relâche pour se faufiler dans la brèche.

— Mon client aimerait vous faire part de son projet scolaire.

Je racontais au jury que ça faisait un an que je m'occupais du potager de la prison et que j'y prenais tellement de plaisir que j'avais décidé de poursuivre dans cette voie en faisant un BTS en agronomie. Un silence approbateur se fit entendre dans la salle. Je pouvais deviner leur monologue intérieur : *Agronomie. Bonne idée, c'est pas trop ambitieux, c'est un truc à sa portée, en plus c'est en rapport avec la terre.*

— Faudrait que vous obteniez votre bac pour intégrer un BTS, asséna le procureur.

— Raison pour laquelle, je me suis permis d'enregistrer la candidature de mon client à la session du baccalauréat de septembre, répondit maître Brûlé du tac au tac. Au cas où, bien sûr, l'issue de cette audience serait positive.

Pour moi, le bluff de Brûlé était trop gros pour passer. Ne serait-ce qu'en termes de timing : on était le 6 juillet, la session de septembre était dans à peine deux mois. En plus, j'étais inscrit en bac ES ; pour faire agronomie, je suppose que le bac S est le plus indiqué. Bref, les chances pour que le plan fonctionne étaient tellement minces, que j'avais pas couru le risque de réviser. J'avais des choses plus importantes à faire… Comme jouer à Street Fighter. J'évitais de regarder les membres du jury dans les yeux, pour qu'ils n'y lisent pas mes doutes et continuais mon bluff comme si de rien n'était.

— Vous êtes-vous préparé à l'examen ? me demanda le président.

— Vous savez, quand on est enfermé 22 heures sur 24 pendant quasiment un an…

C'est moi ou le président du jury envisageait sérieusement de me faire sortir ?! Par souci de démocratie, il questionna ses collègues qui semblaient tous d'accord. Tous, sauf le procureur.

Son niveau de seum était tel que je commençais à me demander si je l'avais agressé dans le passé ou si j'avais brisé le cœur de sa sœur. Sentant que la partie était perdue, le procureur préféra la jouer fine en ne s'opposant pas frontalement à ma sortie.

— Que se passe-t-il si on libère M. Batubingila et qu'il rate son bac ?

Les regards du jury se posèrent sur moi avec une intensité telle que j'en perdis mon sang-froid.

— Je serais heureux de revenir en prison.

— L'affaire est réglée, conclut le président en frappant avec son marteau

J'y croyais pas, ils allaient vraiment me faire sortir, j'allais passer l'été dehors ! Bon, il était aussi question de bracelet électronique, d'un contrôle judiciaire serré, mais gourmand comme je l'étais, tout ce qui m'intéressait était de savoir comment transformer cette promesse de liberté temporaire en quelque chose de plus permanent. Quelles en étaient les conditions ?

Brûlé me conseilla d'arrêter de me prendre la tête : pour lui, c'était peu probable qu'ils me remettent en prison même si je ratais mon bac. J'aurais voulu croire autant que lui en la justice. Mais ma partie de Street Fighter de ce matin m'avait rappelé que la maison gagnait toujours. Quand le système veut que tu perdes, il trouve toujours un moyen. Et le procureur était clairement en sang sur moi, on avait à peine prononcé ma remise en liberté qu'il s'était déjà donné comme mission de me remettre en cage. Fallait que j'aie mon exam pour me mettre à l'abri. J'avais deux mois pour braquer mon putain de bac !

Où est Deathstar66 ?

Je me tenais sur le pas de la porte, celle qui séparait l'intérieur du « dehors » avec dans une main un ticket de transport, les clés de chez moi et mes 123 euros de cantine en cash et dans l'autre, un sac-poubelle blanc qui contenait toutes mes affaires. J'étais préparé pour la chute, je cherchais du regard les caméras cachées. À un moment ou un autre, un des surveillants allait m'avouer que tout ça était une mauvaise blague et m'escorter jusqu'à ma cellule. Mais rien de cela n'arriva, bien au contraire. Les porte-clés ouvrirent la porte et m'éjectèrent vers la sortie comme un nouveau-né !

Ça venait de partout comme un couteau suisse : les rayons de soleil aveuglaient mes yeux, le pollen s'immisçait dans mes narines, le bruit des voitures déstabilisait mes tympans et mon cœur battait si fort qu'il menaçait de s'échapper de ma poitrine d'une seconde à l'autre. C'était beaucoup trop à gérer d'un coup. Maintenant, j'comprends pourquoi les bébés pleurent à la naissance. La goutte d'eau qui a fait déborder le vase, c'est la merde de pigeon qui est tombée sur mon épaule.

À ce moment-là, j'ai paniqué. Mes jambes ont cessé de me supporter, elles se sont transformées en guimauve. Je me suis adossé au mur pour pas tomber, me suis retourné vers la porte par laquelle je venais de sortir. Elle s'est ouverte comme par magie, comme si elle m'invitait à rentrer à la « maison ». Quelqu'un en est sorti.

Il m'a fallu quelques secondes pour reconnaître Jérôme, il avait l'air différent sans son uniforme. Mais comme le chante si bien Shakira : « Les hanches ne mentent pas. » Dès que mon regard a croisé le sien, je me suis redressé comme un I. On peut perdre bien des choses dans la vie, si y en a une à laquelle il faut s'accrocher à tout prix, c'est sa dignité.

Jérôme m'a demandé si je voulais qu'il me dépose au métro. Bien sûr que oui. Alors pourquoi je m'entendais lui dire que je préférais marcher ?! C'était plus la dignité, c'était la fierté qui parlait. Jérôme ne prenait même pas la peine d'insister. Pire, il m'expliquait comment rejoindre Lille avec les transports. Je me retrouvais à l'écouter m'indiquer la direction de l'arrêt de bus avant de le voir tracer dans sa Golf 4 GTI.

Je me suis mis à marcher, à apprivoiser mon environnement, et aussi mon corps. Entre le moment où j'étais entré et aujourd'hui, j'étais devenu une vraie armoire à glace. Tout se passait bien jusqu'à ce que j'arrive au passage piétons au bout de la rue. Une simple route me séparait de l'arrêt de bus. Une route sur laquelle des voitures fusaient dans les deux sens. Elles roulaient à peine à 50 km/h, mais j'avais l'impression qu'elles allaient trois fois plus vite. Je paniquais à l'idée de traverser et aucun conducteur ne semblait enclin à s'arrêter pour que je traverse. Le monde est méchant ! Au bout de quelques secondes, je me décidais à faire le premier pas et là comme par magie, les voitures me laissèrent passer. Dehors comme dedans, le pouvoir ne se donne pas, il se prend.

Capuche sur la tête, paquetage sur l'épaule, je marchais sur les pavés centenaires des rues du Vieux-Lille en espérant ne rencontrer personne que je connaisse. Malgré la hchouma, la honte, je gardais la tête haute en pensant à l'épisode de *Games of Thrones* dans lequel Cersei Lannister avait dû parader à poil dans les rues de King's Landing. Moi au moins, j'avais des sapes sur mon dos et un objectif précis : m'acheter des gaufres à la Maison Meert.

Butin en main, j'étais enfin arrivé devant la porte de chez moi, après avoir emprunté des chemins de traverse pour éviter de rencontrer des visages familiers. À cette heure-ci, Maman était au travail, ce qui arrangeait mes affaires, j'allais pouvoir mettre des habits frais et me débarrasser de ce sac-poubelle. J'essayais d'enfoncer ma clé dans la serrure de l'appart à plusieurs reprises, mais chaque fois, ça bloquait.

Au bout de 2 minutes, je réalisai que j'avais affaire à une nouvelle porte. Alors que je me demandais pourquoi elle avait été remplacée, les souvenirs de mon arrestation remontèrent à la surface sans demander ma permission. La porte précédente avait été défoncée au bélier : je me souviens des deux keufs, habillés en noir, attrapant ma daronne par les avant-bras et l'amenant au salon où je me trouvais déjà... La plaquant au sol. Je me souviens avoir détourné le regard en voyant la déception dans ses yeux.

Le voisin ne répondait pas non plus, alors je cachai mes affaires dans le local technique avant de sortir du bloc. Toujours capuché, paquet-cadeau en main, je déambulais dans le tieks comme si je l'avais jamais quitté. Libéré de mon paquetage, je me refamiliarisais avec ma démarche chaloupée d'antan. Au lieu de regarder droit devant moi, j'étais comme obnubilé par le ciel, les rayons du soleil étaient bloqués par les tours de béton qui jouaient les vigiles. Perdu dans mes pensées, je percutai un ado que j'avais vu grandir.

En 2 temps 3 mouvements, il m'encercla avec ses potes en exigeant des excuses que je lui avais pourtant déjà faites. Mais bon, y avait rien de personnel dans tout ça, c'était même un peu la procédure : au Pont de Bois, on aime pas trop les étrangers. J'enlevai ma capuche pour mettre fin à tout quiproquo.

— Curtis ! C'est toi ?!

— Ouah ! Comment ça fait plaisir de te voir !

L'un d'entre eux était déjà en train de me tâter les biceps.

— Ah ouais, t'as pas chômé là-bas !

— C'était comment, Loos Angeles ?

Loos Angeles, c'est le sobriquet donné à la prison de Loos Sequedin où j'ai passé les 12 derniers mois de ma life. La rumeur raconte qu'une daronne qui savait plus quoi donner comme excuse à sa petite fille qui demandait après son papa chéri, lui a mitonné qu'il était à Loos Angeles. Le surnom est resté. Il laissait penser, à tort, que la vie était douce là-bas. Et les taulards entretenaient la légende : une fois sortis, ils en parlaient comme d'une colonie de vacances. Un peu comme ces femmes qui ont donné la vie et qui refusent de dire à celles qui ne sont pas passées au billard qu'accoucher, c'est l'enfer.

Divulguer la vérité sur la taule me posait 2 problèmes : premièrement, mes spectateurs ne voulaient pas l'entendre. Ils n'allaient pas l'accepter, c'était pas assez glamour. Deuxièmement, j'étais pas prêt à la communiquer. Y avait rien de glorieux à expliquer qu'on m'avait donné un matricule comme on le fait à une bête. Rien de glorieux à parler de la bouillie qu'on nous refilait à bouffer le soir. Et puis les rêves mouillés, je ne voulais surtout pas parler des rêves mouillés. Vous imaginez à quel point c'est humiliant, dégradant même, de se réveiller dans son sperme quand on a 18 piges !! Nan, nan, dire la vérité, ça faisait de moi le dernier des boloss. Et comme j'voulais pas être vu comme le dernier des boloss, je bottais en touche.

Il y avait personne chez Deathstar66 non plus. Du coup, je me baladais dans les rues de ma ville à sa recherche. Je m'arrêtais devant le City stade, intrigué par un groupe d'ados agglutinés autour du rond central. C'était trop bizarre, ils étaient assis l'un à côté de l'autre, mais ils avaient l'air d'être… seuls ! Leurs yeux étaient rivés sur l'écran d'une sorte de Game Boy. À ma vue, Assa, la seule fille du groupe, interrompit sa partie. Elle s'avança vers moi en portant sur le visage l'expression blasée de l'ado qui a tout vu, et sur la tête un hijab bleu ciel coordonné à son survêt Adidas.

— Alors, la taule, c'était bien ?

Pas de salut, de comment tu vas, l'insolente me rentrait dans le lard direct. Je la kiffais pour ça.

— À toi de me dire, je lui répliquai en tapotant sur la grille qui nous séparait.

Assa restait dans son rôle d'ado blasée, mais, pendant le court instant où elle avait souri, j'avais pu entrevoir ses canines ; elle portait un appareil dentaire, c'était nouveau.

— T'as quoi dans ton paquet ?

J'éludai sa question en lui en posant une autre.

— Vous faites quoi, là ?!

— On joue au foot, me répondit-elle en me montrant sa console portable.

C'était une PSP, j'en avais touché une cargaison, quelques jours avant de tomber.

Je lui expliquai qu'à mon époque, on jouait au foot avec un ballon.

— Laisse-moi deviner : tu faisais aussi 10 kilomètres à pied pour aller à l'école, c'est ça ?

Elle me toisait avec ironie. C'était à mon tour de sourire.

Trêve de plaisanterie, je lui demandai où je pouvais trouver Deathstar66. Elle était d'accord pour me donner l'info, mais elle avait une requête : elle ne voulait pas que je lui dise que je l'avais vue porter le foulard. J'acceptais de garder son secret tout en prenant note de comment la France avait évolué : à mon époque, quand j'étais au collège, les filles se battaient pour ne pas avoir à porter le hijab.

J'arrivai au stade qu'Assa m'avait indiqué et je tombai sur un match de football américain. C'était la première fois que j'en voyais un en vrai. J'ai jamais compris les règles. Jamais compris pourquoi les Amerlocs appelaient football un sport qui se joue à la main. J'ai beau être une bouse en anglais, je sais que *foot*, ça veut dire pied. Bref. Un joueur me tapa dans l'œil, exigea que je lui prête toute mon attention. Alors qu'il remontait le ballon de son propre camp et s'infiltrait dans les lignes adverses, les défenseurs tombaient comme des dominos. Était-ce Deathstar66 ?

La première fois que j'ai rencontré D, c'était en ligne pendant une partie de Call of Duty. Y a pas de mots, dans le vocabulaire français, pour expliquer la défaite totale que j'ai subie, alors essayons avec une parabole :

Un jour, un gars croise la faucheuse à Alexandrie. Certain qu'elle est venue pour le cueillir, ce monsieur qui tient beaucoup à sa vie, sûrement parce qu'il n'en a qu'une seule, s'enfuit dans la journée même, direction Le Caire…

Ballon en main, le joueur avale les mètres, tout en flirtant avec l'aile droite du terrain juste en face des gradins d'où moi et dix autres pèlerins on l'observe avec admiration. *Une fois au Caire, le gars se réfugie dans une chambre d'hôtel qu'il avait louée pour la nuit. Il entend toquer à la porte, et, comme il attendait la pizza qu'il avait commandée, il ouvre.*

Le joueur perce la défense, se rapproche de la ligne de fond, à deux doigts du touchdown…

Imaginez sa surprise lorsqu'il se retrouve nez à nez avec la Faucheuse qui lui sort : « J'étais étonnée de te voir ce matin à Alexandrie vu qu'on avait rdv au Caire ce soir. »

PING ! Le joueur porteur du ballon se fait percuter par un autre joueur. L'impact est tellement violent qu'il est projeté contre les rambardes métalliques qui bordent le terrain. Tout le stade retient son souffle en voyant le joueur au sol, immobile. Finalement, le cadavre se met à émettre des signes de vie.

Je remarque alors le numéro 66 sur le dos de celui qui vient de faire le plaquage et je le salue. Surpris par ma présence, le joueur enlève son casque, laissant tomber ses longues tresses sur ses épaules.

Je vous présente Deathstar66, jamais là où tu l'attends, mais toujours là quand tu te détends. Moi aussi, j'étais sur le cul quand j'ai découvert qu'une meuf se cachait derrière ce surnom.

Le soldat Makeda

Deathstar aka Makeda prenait son temps pour sortir des vestiaires et ça m'arrangeait parce qu'il fallait que je trouve les bons mots pour la convaincre. L'obtention de mon bac – nan, ma LIBERTÉ – dépendait de ma capacité à me la mettre dans la poche. Il fallait que j'avance avec prudence. Pour moi, le rôle d'un ami c'est d'être utilisé, parfois même exploité. Bien sûr, ça va dans les deux sens : si Makeda m'appelait à 3 heures du mat pour déplacer un corps, j'irais sans poser de questions. Je sais que je peux compter sur elle ; par contre elle me ferait tout un interrogatoire avant de se mêler. Et avec Makeda, fallait que tout soit logique, rationnel comme un problème de mathématiques. J'ai rien contre les maths. J'y suis même plutôt très bon, mais la vraie vie, ça fonctionne pas comme ça !

Quand elle est finalement apparue, je me suis rappelé à quel point j'étais love de cette meuf ! Je crois ni au coup de foudre ni à l'amitié homme-femme, pourtant D, c'est mon âme sœur, ma go sûre, ma part non négociable. Genre, je peux dormir dans un lit avec elle et rien de bizarre se passera. C'est son cerveau qui me fait kiffer, ça bouge à 100 à l'heure à l'intérieur de ce crâne. D'ailleurs, elle me regardait déjà, suspicieuse, avec les yeux de chat qu'elle a hérités de sa daronne.

Mama Charline ne croyait pas en l'amitié homme-femme non plus. C'est seulement quand elle a capté que je cherchais pas à engrosser sa fille qu'on est devenus les meilleurs potos. C'est elle qui m'a raconté que D était née grande préma, que les docteurs qui connaissent pas grand-chose, mais pensent tout savoir, lui avaient dit à elle et à son mari, que le « fœtus » n'avait plus longtemps à vivre. Mais que ça faisait rien parce qu'ils étaient jeunes et qu'ils pouvaient avoir d'autres enfants. D a fait plus que survivre, elle est bien vivante même. Mama Charline avait décidé de l'appeler Makeda, comme la reine de Saba. Sûrement parce que les reines ne s'embarrassent pas de venir à l'heure.

Makeda est incassable pour ceux qui ne la connaissent pas. Elle a la voix qui porte et n'hésite pas à l'utiliser. Elle en impose tellement qu'elle peut paraître prétentieuse alors qu'elle a juste confiance en elle. Ce monde n'aime pas les meufs qui ont confiance en elles. Je connais Makeda comme ma poche, y compris ses angles morts : la bouffe et la tendresse étaient sa kryptonite. Et je comptais bien les exploiter. Dès qu'elle s'est approchée de moi, j'ai sorti l'artillerie lourde d'entrée de jeu et l'ai prise dans mes bras. Elle est restée là, sans bouger, droite comme un piquet, ne sachant que faire de ses bras ballants. Je lui dis à quel point elle m'avait manqué : elle ne répondit rien, alors je serrai encore plus fort mon étreinte.

— Moi aussi, finit-elle par me concéder avant d'asséner un timide « C'est bon, tu peux me lâcher maintenant ».

J'avais réussi à prendre l'ascendant psychologique.

— Je dois aller chercher mon petit frère au centre sportif.

— Je t'accompagne !

— Y a quoi dans ton…

Je lui tendis le sachet sans attendre la fin de sa phrase. Quand Makeda entrevit le logo Meert sur l'emballage de la boîte de gaufres, elle se mit à faire des bonds sur place… Et ça, malgré la fatigue d'après match. Je venais de marquer des points.

Emery, le petit frère de Makeda, avait aussi de l'énergie à revendre, alors on est partis au parc après l'avoir récupéré. Il avait hérité du second prénom de Patrice Lumumba : le premier Premier ministre démocratiquement élu du Congo qui sera assassiné après quelques mois au pouvoir par la CIA et les services secrets belges. Le gosse avait beau n'avoir que 7 piges, je lui prédisais déjà un avenir de dictateur. Fallait voir la suffisance avec laquelle il m'ordonnait de le pousser à la balançoire. Tout ça, c'était la faute de ses grandes sœurs ; elles le gâtaient dès qu'elles en avaient l'occasion. En temps normal, je l'aurais déjà envoyé bouler, ce petit con, mais comme je faisais un effort pour rentrer dans les bonnes grâces de Makeda, bah je poussais !

Pendant ce temps-là, Madame se goinfrait de gaufres fourrées à la vanille de Madagascar. C'étaient ses préférées, et pas qu'à elle : les gaufres sont une spécialité belge à la base, comme les frites d'ailleurs, mais celles de Meert étaient tellement bonnes que, d'après la rumeur, même le roi de Belgique se fournissait chez eux à Lille.

Après chaque bouchée, Makeda exécutait un pas de danse. C'est un de ses tics : quand elle est contente de sa bouffe, elle danse. C'était le bon moment pour lui parler, je poussais Emery sur la balançoire si fort que ses jambes atteignirent le vide. Le petit prit tellement peur qu'il n'eut pas d'autre choix que de me congédier. Libéré de ma tâche ingrate, je m'assis sur le banc à côté de Makeda qui, sans honte, savourait sa dernière bouchée en se léchant les doigts.

— Alors, dans quoi tu veux m'embarquer ? me demanda-t-elle.

J'avais retourné mon cerveau toute la matinée en me demandant comment j'allais présenter mon problème. Et comme baratiner me semblait contre-productif, il me restait plus qu'à dire la vérité brute.

— On va braquer mon bac.

L'expression la fit sourire, mais elle comprit vite que j'étais très sérieux. Je lui expliquai le jugement, le procureur et lui sortis les pages que j'avais gribouillées dans le bus.

— Voilà le plan !

Je la sentais hésitante, mais la curiosité était trop forte. Une fois la lecture terminée, elle exhiba la mine contrariée d'une meuf qui ne veut pas heurter les sentiments d'un éjaculateur précoce.

— C'est pas un plan, ça, c'est… une idée.

Le verdict était tombé comme un couperet : froid, direct et tranchant. Je dois être un peu maso parce que j'ai kiffé. Ça m'a conforté dans l'idée que c'était la femme de la situation.

— De quoi a-t-on besoin pour transformer l'idée en un plan ?

Il n'y avait pas de « on » qui tenait, me rétorqua-t-elle.

Si essayer comme un bonhomme n'avait pas fonctionné, il me restait plus qu'à pleurnicher.

— J'ai besoin de ton aide. Je peux pas le faire sans toi.

— Tu sais c'est quoi ton problème, Curtis : tu penses que le monde tourne autour de toi, alors que le mien tourne autour de lui, m'asséna-t-elle en jetant un regard vers son petit frère.

Ah merde, j'avais zappé que Makeda était une daronne, maintenant ! C'était arrivé du jour au lendemain : ses parents ont eu un accident de voiture, et Makeda, l'ado de 18 piges, s'est retrouvée tutrice légale d'un gosse de 7 ans et d'une ado de 13. Dans le feu de l'action, je n'avais pas pris en compte ce petit détail. J'étais cuit. Je tentais de m'accrocher aux branches comme je pouvais. Tout en sachant que la chute était inévitable.

— Je te parle de braquer le bac, pas une putain de banque !

— Si c'était une banque, au moins, y aurait des thunes à se faire.

Makeda pensait s'être débarrassée de moi, mais elle ne savait pas qu'elle avait affaire à un Curtis 3.0. Pendant plus d'un an, j'avais suivi les enseignements d'un maquereau. Selon l'évangile de Steeve, les gens donnent volontiers les infos pour les manipuler. Il suffit d'être en mesure de les identifier. Et Makeda venait de me donner une chose sur laquelle je pouvais travailler : l'argument financier.

Je changeai d'angle d'approche, lui demandai innocemment si elle allait bosser à la boulangerie cet été comme elle le faisait depuis 2 ans. Et là, le miracle se produisit : madame baissa la garde. Elle se plaignait déjà des réveils à 5 heures du mat, de passer 8 heures debout derrière la caisse à encaisser des traditions et des tchatches lourdes des pères de famille. De devoir aller se coucher à 21 heures alors que c'était l'été.

— Et si je te donnais assez de cash pour que t'aies pas à taffer ?

Elle ne répondit pas à ma propal sur-le-champ. Ce qui était bon signe, ça voulait dire qu'elle la considérait.

C'était le moment de fuir, de laisser l'idée faire son chemin. J'embrassai Makeda sur le front avant de me barrer en courant. Elle était sur le cul. Rien de plus désarmant pour quelqu'un qui aime le contrôle que de le voir lui être retiré de la sorte.

La daronne

« Connard », « prétentieux », « inoubliable », « beau gosse », « égocentrique ». Voilà des mots qu'on pourrait graver sur ma tombe quand j'aurai clamsé, mais j'avais jamais envisagé que « peureux » puisse faire partie de la liste. À 10 ans, j'ai sauté d'un plongeoir de dix mètres de haut et je me suis fait un putain de claquage. À 15 ans, j'ai eu l'audace d'approcher une meuf, entourée de cinq de ses copines et j'ai pris un râteau monumental. À 16 ans, j'ai commencé à braquer avec le succès que vous me connaissez. Certains ne verront qu'une suite d'échecs dans mes expériences, moi, je vois un gars qui n'a pas peur de tenter. J'ai fait des trucs qui font trembler le palpitant, qui feraient flipper le commun des mortels ! Pourtant, ça faisait 2 minutes que je me tenais sur le pas de la porte de l'appart, yeux rivés vers le ciel, enfin le plafond, en espérant le retour de Jésus. Tout ça parce que je flippais de poser mon doigt sur la sonnette. Finalement, j'ai pas eu besoin de me faire violence, la porte s'ouvrit.

Maman se tenait debout face à moi. Elle me toisait, m'examinait en silence, reniflait ma peur. Je ne savais plus où me mettre ni où regarder, le sol, le plafond ; mes yeux tombèrent sur les chaussures de sécurité laissées à l'entrée. À qui ça pouvait bien être ? Je connaissais personne qui se baladerait avec une telle paire de grolles.

— Il t'attend dans le salon, me dit ma mère, répondant à la question que je n'avais pas osé formuler.

Je me faufilais à l'intérieur et saluais l'agent du service pénitentiaire avec gratitude. Cet inconnu venait de m'accorder un sursis. En sa présence, ma mère ne pouvait pas commettre l'homicide dont elle rêvait tant.

J'examinai le bracelet autour de ma cheville avec un regard curieux. Je me mis à faire quelques pas comme si j'essayais une nouvelle paire de shoes. C'était un pauvre bout de PVC avec un voyant allumé au vert. Un gars en prison avait tenté de m'expliquer comment le bracelet était facilement neutralisable. Je regrettais de ne pas l'avoir écouté à l'époque.

— Pas trop serré ?

J'assurai à l'agent que ça allait, puis le questionnai sur le périmètre de sécurité et mes horaires de sortie. Niveau horaires, on était sur du 8 h-18 h la semaine et 10 h-22 h le week-end. Je pouvais être hors de la maison durant ces longues plages horaires, ce qui était franchement pas mal. Niveau périmètre, l'agent n'avait que l'expression « On est large » à la bouche. Il m'assurait que le bidule n'allait pas sonner si je mettais le pied en dehors de l'appart. Mais comme je fais pas confiance à ceux qui portent l'uniforme, quel qu'il soit, je lui demandai qu'on fasse un test.

Au bout de 10 mètres de marche dans le couloir, le voyant a viré au rouge. 10 mètres. Effectivement on était large, je pouvais squatter chez mon voisin sans problème même au-delà du couvre-feu. Le reste du temps, j'étais libre de me déplacer partout dans la région. Maman choisit ce moment pour nous rejoindre. L'agent a dû sentir que j'étais pas bien parce qu'il me tapa amicalement dans le dos avant de prendre ses clics et ses clacs et de me laisser seul avec mon bourreau.

À table autour du dîner, j'observais ma mère assise face à moi. EN SILENCE ! Cela faisait des mois qu'elle me punissait avec son SILENCE. Pendant un an, elle est venue me voir 2 fois par mois au parloir sans jamais m'adresser la parole. Alors que je sais qu'elle *adore* parler : elle parle pendant les films, pendant le prêche du pasteur, pendant qu'elle dort. Donc quand elle opte pour le silence, c'est qu'elle a un message très important à faire passer. Mais j'avais toujours pas découvert quoi. Ses lèvres se mirent enfin à bouger. Je faisais bien attention à ne pas croiser son regard. On ne mate pas une panthère dans les yeux. À part si on veut se faire arracher la tête.

« Regarde-moi quand je te parle » furent ses premières paroles.

Je concentrais mon attention sur ses sourcils pendant qu'elle débitait dans son français châtié. Histoire de ne pas être trop frontal. Je remarquais de nouvelles rides sur le coin de ses yeux, de ses lèvres, sur son front et me demandais s'il fallait les attribuer à la vieillesse ou à mes conneries.

— As-tu compris ce que je viens de te dire ?

J'acquiesçai, mais c'était pas assez pour la daronne. Elle voulait que je répète tout ce qu'elle avait dit pour s'assurer que j'avais bien compris.

— Je dois faire le ménage et la vaisselle tous les jours et me rendre invisible.

Elle semblait satisfaite de mon résumé, avais-je des questions. J'en avais pas, mais j'avais une requête.

— J'aurais besoin du double des clés de la porte.

Ma pétition, que je pensais raisonnable, a fait vriller la daronne qui s'est mise à invoquer le nom du Seigneur comme si elle le suppliait de l'empêcher de commettre l'irréparable.

— Tu as *besoin* d'oxygène, de nourriture et d'un endroit où dormir, mais t'as pas besoin de clés… asséna-t-elle.

— Mais, Maman, je tentais de protester.

— Ne m'appelle pas Maman, c'est Tantine Christelle pour toi !

J'étais sonné par la dureté de ses propos, ne sachant pas quoi foutre de mes mains qui tremblaient nerveusement. Je saisis une fourchette, mais Maman, je veux dire « Tantine Christelle », entrelaçait ses doigts pour rendre grâce et « m'invita » à en faire de même d'un regard assassin.

Aussi loin que je me souvienne, la daronne n'a pas toujours été aussi croyante. Sa pratique est allée en augmentant au fur et à mesure que son mariage avec le daron s'étiolait. Depuis qu'il était reparti au pays et qu'il y avait refait sa vie, le seul « homme » dans sa vie à elle, c'était Jésus-Christ. En temps normal, c'est déjà dur de rivaliser avec le fils de Dieu : il écoute ses prières, il est une épaule sur laquelle elle peut se reposer quand elle pleure, il est fidèle ; le gars est parfait ! Y a pas match. Encore moins, si on ajoute à ça le fait que j'étais le portrait craché de l'homme qu'elle peut plus voir.

Après avoir terminé la première vaisselle d'une longue série à venir, je rejoignis la daronne dans le salon et je posai mes mains sur ses épaules pour la masser, comme j'avais l'habitude de le faire chaque fois qu'elle revenait d'une longue journée de travail à l'hôpital.

— NE ME TOUCHE PAS !!!

On resta là, interdits, silencieux, tous les deux choqués par la violence de sa réaction. Le bruit d'une clé pénétrant dans la serrure marqua un répit bienvenu pour ma mère comme pour moi. Même si je me demandais qui ça pouvait bien être.

MacGyver ?!

Dès qu'Anthony a débarqué dans le salon, le malaise a pris la fuite. Anthony, c'est le petit frère que j'ai jamais eu, jamais voulu d'ailleurs. À la base de chez base, c'est mon voisin. Il a quatre ans de moins que moi, ce qui en âge de gosse représente une éternité, du coup je le calculais pas plus que ça. Jusqu'au jour où il a débarqué dans ma chambre avec sa valise et où ma mère m'a annoncé que je devais partager mes jouets, mes habits et mon lit avec lui. Si j'étais déjà sur les nerfs ce jour-là, c'était rien comparé au moment où je me suis réveillé au milieu de la nuit dans SA pisse.

J'apprendrais beaucoup plus tard que la mère de MDT avait fui le foyer familial avec son amant. Son daron avait eu tellement de mal à supporter le départ de sa femme qu'il avait dû être interné. À l'époque, la daronne avait décidé de prendre Anthony, le temps que son père se refasse une santé, pour éviter que le petit finisse placé. Apparemment, c'est facile d'entrer dans le « système », mais très dur d'en sortir intact. La colocation a duré quelques mois, mais en vrai, Antho nous a plus lâchés depuis.

C'est pendant ce long séjour qu'il est devenu Maux de Tête, MDT pour les intimes. Le surnom venait de l'effet qu'il faisait sur la daronne chaque fois qu'il prenait la parole. Elle ne supportait pas ses questions incessantes. Moi perso, j'ai toujours été bon pour filtrer le bla-bla. Je le faisais déjà avec elle.

— Comment ça se fait que tu sois sorti si tôt ? Pourquoi tu m'as pas prévenu ? Et t'as fait quoi, cet aprèm ? Putain, quand je t'ai vu sonner à ma porte, j'ai failli tomber de mon fauteuil !

— Comment tu sais que j'ai sonné chez toi ? je lui demandai.

MDT répondit par un sourire en coin, puis demanda à la daronne si on pouvait aller chez lui. En temps normal, ce serait impossible qu'elle me laisse sortir, mais fallait pas sous-estimer le pouvoir de nuisance de ce gars. Après tout, s'il avait réussi à obtenir les clés, c'est qu'il avait dû bien la travailler au corps.

— Ouais, ouais. Dégagez.

Le premier truc que j'ai remarqué en entrant dans la chambre de MDT, c'est le siège en cuir incurvé en mode Formule 1. Je me suis installé sur le trône direct. Je sentais que ça le faisait chier, mais droit d'aînesse oblige, il a pris sur lui. Je faisais tellement confiance à ce gars-là que j'entreposais mon matos volé chez lui. En échange, il avait le droit de se servir. Et il se gênait pas : sur la vieille planche en bois qui faisait office de bureau reposaient trois grands écrans d'ordinateur positionnés l'un à côté de l'autre. Une méduse se baladait d'un écran à l'autre comme si les écrans n'en formaient qu'un. J'avais jamais vu ça avant ! Par contre, j'étais assez familier avec le rouleau de Sopalin posé sur le coin de la table. MDT avait beau protester que c'était pour la poussière, on se savait !

L'interface lugubre d'un quatrième écran posé sur le coin de la table capta mon attention. MDT m'expliqua que cet ordi était connecté au Darknet : une sorte de marché virtuel dans lequel tu pouvais soi-disant tout acheter : drogues, armes, fausse identité… Bref, encore une blague dont lui seul avait le secret. Sur l'écran principal, je me voyais en train de sonner à la porte de chez lui. Il y avait un feed vidéo des escaliers et de la porte d'entrée du bâtiment.

MDT m'expliqua, en toute décontraction, avoir installé des caméras en plus d'avoir hacké le système de sécurité de la ville et des offices HLM pour tenter de retrouver le gars qui avait volé son vélo. Il avait jamais retrouvé le voleur ni le vélo, mais il ne s'était jamais déconnecté des réseaux de caméras non plus. C'est en rembobinant le feed vidéo de la journée, après être rentré des cours, qu'il avait vu que j'avais sonné chez lui.

En l'écoutant parler, je me disais que ses qualités pourraient m'être utiles. Convaincre MDT de se joindre à mon aventure ne serait qu'une formalité. Les petits frères veulent toujours être validés par leurs grands. Fallait que je le teste d'abord, et ça tombait bien, j'avais de quoi faire. Je posai ma jambe sur le bureau, dévoilant le bracelet électronique sur ma cheville.

— Tu sais comment enlever ce truc sans le faire sonner ? je lui demandai avec un air de défi.

— Pas encore, mais je pense que si…

Je lui cédais la place afin qu'il fasse, au lieu de me raconter ce qu'il comptait faire. Assis sur son trône, il se mit à tapoter furieusement sur le clavier de l'ordinateur connecté au Darknet. Une demi-heure plus tard, j'étais libéré de ma laisse électronique.

Hold-up

Faouzi alias Boubou, c'était mon receleur, et il avait profité du fait que je sois enfermé pour ne pas me donner ce qui m'était dû. Pendant longtemps, au quartier, on le surnommait Brioche parce qu'il adorait ça, les brioches. Mais les gars de son collège privé (qui était hors de la ville) l'appelaient Bouboule. Finalement, c'est le surnom Boubou qui a mis tout le monde d'accord. La ressemblance entre Faouzi et le personnage de *Dragon Ball Z* était frappante : ils avaient les mêmes hanches en forme de bouée de sauvetage. C'était comme si un scientifique mal intentionné avait introduit un petit donut carnivore dans son corps à la naissance et que chaque fois que l'hôte se nourrissait, il nourrissait la bête.

Interpellé par le bruit de la sonnette, Boubou regarda avec suspicion à travers l'œil-de-bœuf, puis ouvrit la porte à MDT.

— Tu veux quoi ?!

— Je viens récupérer les thunes de Curtis, il m'a demandé de te…

— Je les ai pas. J'ai pas réussi à vendre le matos qu'il m'a refourgué, répondit Boubou.

— Qu'est-ce que je lui dis alors ? Parce qu'il m'a demandé de…

— Que j'ai pas réussi à vendre son matos, répondit Boubou avant de fermer la porte.

MDT planta son pied dans l'entrebâillement pour l'en empêcher.

— Qu'est-ce qui t'arrive, t'es parti en Turquie te faire greffer une paire de couilles ou quoi ?

— Non, répondit MDT, c'est juste que… je pense que c'est mieux que tu lui dises toi-même.

Avant que Boubou n'ait eu le temps de comprendre ce qui se passait, je lui assénai un front kick dans le plexus solaire. Le gars tomba comme une crêpe. Enfin un pancake plutôt. Je l'accompagnai gentiment dans sa chute en posant mon pied sur son estomac. Perso, j'ai jamais vraiment cru à l'usage de la violence : je suis un lover, pas un fighter. Si tu dois en venir aux mains, c'est que t'as perdu. Mais j'ai entendu quelque part (sûrement par Steeve) que la plus grande preuve d'amour envers son prochain, c'est de lui parler dans un langage qu'il comprend. Alors je lui donnai un autre coup de pompe dans le ventre, histoire qu'il comprenne que j'étais pas là pour blaguer.

— Il est où, mon cash, Boubou ?

Il lui fallut un petit moment pour reprendre son souffle.

— J'ai pas réussi à vendre le matos que tu m'as refourgué, Curtis. Je te jure, wallah !

Mon père m'a toujours prévenu que quand un Arabe se met à jurer Wallah, c'est le signe qu'il faut commencer à se méfier. Je racontai à Boubou que j'avais vu une dizaine de petits du quartier se balader avec des PSP au City stade. Les mêmes PSP que je lui avais confiées. Boubou écarquilla les yeux, rien qu'un dixième de seconde, mais ça m'avait pas échappé. Et ça ne lui avait pas échappé que ça ne m'avait pas échappé.

P.I.M.P.

— Quand est-ce qu'on commence ? je demandai à Makeda en lui filant une enveloppe qui contenait l'équivalent de 2 smic.

— Ah ouais, tu perds pas de temps !

J'étais à peine sorti la veille, mais fallait battre le fer tant qu'il était chaud, le calendrier n'était pas de mon côté. Vu les cernes qu'elle avait sous les yeux, je soupçonnais Makeda d'avoir déjà commencé le travail. C'était mon amie et, en tant que telle, je savais qu'elle m'aurait aidé même gratuitement. Mais j'avais besoin d'une Makeda disponible et investie à 150 % ; seul l'argent pouvait m'acheter ça.

Je ne m'étais pas trompé, Madame avait un plan en tête. Elle avait déjà une liste du genre de profils dont on avait besoin : il nous fallait quelques « Judas », un « don Juan » et un « Bryan in the kitchen » ! Un « Judas », dans le jargon, c'est un infiltré dans une organisation, en l'occurrence l'Éducation nationale. Un « don Juan », c'est quelqu'un qui a le bagout pour soutirer des infos ; en temps normal j'aurais pu jouer ce rôle s'il ne fallait pas que je fasse profil bas. Par contre, c'était la première fois que j'entendais parler de « Bryan in the kitchen ».

Makeda avait inventé le terme, elle m'expliqua que c'était quelqu'un qui parlait bien anglais. Apparemment, l'expression sortait d'une méthode linguistique à l'ancienne. Elle avait définitivement pensé à tout : je suis une bouse en anglais.

— Moi aussi, j'ai une suggestion de profil à te proposer.

Je déballais mon argumentaire de vente : il nous fallait un gars, ou une go, qui gère tout ce qui est Internet et nouvelles technologies. Je la voyais faire des ajustements dans son cerveau en temps réel, elle avait l'air d'être plutôt réceptive à ma propal. Les fondations posées, je pouvais enchaîner comme si de rien n'était.

— Maux de Tête est vraiment, mais vraiment bien calé niveau informatique.

— Anthony ?! Il a pas 13 piges, lui ?!

Il en avait 15 et je lui assurai que c'était plutôt une bonne chose. Comme d'habitude avec Mak, j'avais pas besoin de tout verbaliser. Elle savait que même si MDT venait à se faire attraper, il risquait rien en tant que mineur.

— De toute façon, c'est pas comme si on pouvait faire les difficiles.

Cette phrase sortie de la bouche de Mak venait de sceller l'intégration de MDT dans la team.

— J'ai pensé à Ange pour le « Bryan in the kitchen » reprit-elle.

— C'EST MORT !

Mon cri fit fuir un gang de pigeons agglutinés autour d'un bout de pain. Makeda resta imperméable à ma réponse négative. Elle s'y était préparée.

— Si tu veux ton bac, faut que tu me fasses confiance. On a besoin de lui.

Je ne voulais rien entendre. Je gesticulais, tournais en rond, parlais dans ma barbe. Lassée de me voir bougonner, Makeda sortit l'enveloppe de cash de son soutien-gorge, prête à me la rendre. Et là, comme par magie, j'arrêtai immédiatement mon cinéma. Il me restait plus qu'à trouver un don Juan qui ferait l'affaire, et vite !

Le Padawan

Les gens pensent que la taule est un endroit où on punit et où on prépare pour la réinsertion. Que nenni ! La prison, c'est un centre de formation, un peu comme l'INSEP ou Clairefontaine. Tu te fais repérer par les flics, tu passes devant un jury qui évalue ton potentiel criminel et juge que tu représentes une menace à l'ordre public. Une fois à l'intérieur, t'es sous la houlette de taulards plus expérimentés que toi dans ton secteur d'activité. Non seulement, ils assurent ta formation criminelle, mais en plus, ils te donnent accès à un carnet d'adresses. Et dans le business, peu importe lequel, le réseau, c'est plus important que l'oseille.

Steeve était persuadé que je ferais un bon mac. Mais mettre des filles sur le tapin ne faisait pas vraiment partie de mes aspirations. Malgré tout, il a continué à partager sa science avec moi. Comme s'il avait peur que son art se perde avec lui. Un jour, j'ai fini par lui demander pourquoi il se prenait la tête, à toujours s'habiller « propre » dans un endroit aussi sale que le placard ? Il m'avait répondu un truc de spartiate genre : « Chaque homme doit choisir entre deux types de douleur, celle de la discipline ou celle du regret. » Il avait clairement choisi la douleur de la discipline et son premier disciple aussi.

Steeve ne loupait jamais une occasion de me parler d'Adem, son padawan. Ils habitaient dans le même bâtiment à l'époque où Monsieur était encore libre. Ses parents étaient des Sarahoui, des gens du désert, mais ils avaient le passeport algérien. Adem était donc arabe, musulman et presque aussi noir que moi, le tiercé gagnant !

Et son malheur ne s'arrêtait pas là : son père, qui travaillait dans le BTP, était mort dans un accident de chantier alors qu'il était en primaire. Tout ce qu'Adem avait hérité de lui, c'était un album de cartes Panini, des VHS de matchs de foot et les femmes de sa vie : sa mère et ses deux grandes sœurs. À trois, elles formaient un gang de castratrices qui loupaient jamais une occasion de piétiner sa virilité.

Il avait à peine 17 piges quand il a confronté Steeve qu'il soupçonnait de flirter avec une de ses sœurs pour accomplir je ne sais quel plan lugubre. Le mac a tellement apprécié le panache de ce petit gars frêle qu'il a décidé de lui donner une formation.

Muscu, garde-robe, psychologie humaine… En l'espace de 3 piges, Adem avait changé du tout au tout. Steeve voulait que son padawan suive ses pas, mais Adem méprisait le gagne-pain de son mentor. Selon Steeve, il n'avait pas la froideur qu'il fallait pour devenir « psychologue ». Comme il était pas bon à l'école non plus, Adem avait dégoté une formation de couvreur zingueur. Même fatigué par le taf, il trouvait toujours le temps de se balader dans les rues de Lille 1 fois par semaine (vendredi ou samedi) pour pécho 10 numéros. Pas pour le fun ni pour tremper son biscuit, mais par simple discipline.

Makeda me rapporterait que ce samedi-là, il lui fallut peu de temps pour repérer Adem sur la rue de Béthune. Sans l'once d'une hésitation, il abordait un groupe de 5 gos, prenait le numéro d'une d'entre elles et s'extirpait de la bande aussi vite qu'un braqueur sortirait d'une banque. Puis Adem examinait la foule de nouveau, à la recherche de sa prochaine proie. Ça faisait 2 heures que Makeda l'observait, elle l'avait vu se prendre quelques portes, mais cela ne semblait pas du tout l'affecter. C'était un simple jeu de probabilités pour lui : plus il essayait, plus il avait des chances de réussir. Et selon les comptes de Makeda, il ne lui restait plus qu'à obtenir 1 seul number pour finir son quota de la semaine.

Le regard inquisiteur d'Adem se posa sur une paire de jambes appartenant à une femme sexy qui marchait dans sa direction. Il sourit à celle qu'il pensait être sa nouvelle proie, Makeda lui sourit en retour. Quelques minutes plus tard, les deux étaient installés sur le rooftop du couvent des Minimes. Le bar offrait une vue imprenable sur Lille. Makeda l'analysait : il était noir, mais ses cheveux lisses trahissaient un métissage, la forme de ses sourcils était trop parfaite pour être naturelle. Il devait les épiler. Tout comme les poils sur sa poitrine. Sa chemise était tellement ouverte que Monsieur avait les nichons aux balcons. Il la regardait dans les yeux, s'apprêtait à sortir une phrase toute faite.

— Épargne-moi ta tchatche, je suis pas là pour ça, dit Makeda en tranchant dans le vif.

— T'es là pour quoi, alors ? demanda Adem, sûr de lui.

— Louer tes services.

Makeda enleva sa paire de talons et les remplaça par une paire de chaussures plates qu'elle sortit de son sac à main.

— Et à quels services tu fais référence ? renchérit Adem, amusé, heureux d'être challengé.

— Steeve t'a recommandé.

À la mention du nom de Steeve, Adem perdit plusieurs teintes de noir, il virait au gris.

— Je ne suis pas intéressé.

— Qu'est-ce que t'en sais, t'as même pas entendu l'offre.

— Je séduis pour l'art de séduire, pas pour mettre des filles sur… Je fais pas ça pour l'argent.

— Ça tombe bien, on n'a pas une thune à t'offrir, lui rétorqua Makeda du tac au tac.

— Ça ne change rien, je ne suis pas intéressé, lança Adem, agacé.

Makeda se mit à le toiser de haut en bas pendant un court instant avant de conclure :

— Ouais, moi non plus en fait.

Joignant le geste à la parole, elle finit son cocktail et posa un billet sur la table.

— Juste par curiosité, c'était qui, la cible ?

— Le bac.

— Le bac, comme dans le baccalauréat ? demanda Adem, confus.

— Oui, l'exam que t'as raté 2 fois… On veut le braquer.

— Et tu pensais que j'allais me lancer dans ce truc parce que j'en veux à l'Éducation nationale ?

— EXACTEMENT, répondit Makeda sans hésiter.

— Quelle femme je dois faire tomber dans mes bras ? souffla Adem avec une détermination nouvelle.

— C'est bien plus compliqué que ça, objecta Makeda, mystérieuse. Dois-je comprendre que t'es intéressé ?

Adem se mit à reluquer Makeda de haut en bas, sortant son carnet pour noter son 06. Makeda s'empara du cocktail d'Adem, le but d'un trait et reposa le verre vide sur la table en le regardant droit dans les yeux avant de se barrer.

— C'est moi qui te recontacterai.

L'église

Il était 4 h 34 du matin, pourtant, j'arrivais pas à dormir. J'avais beau me tourner dans le lit pour trouver la position optimale, rien n'y faisait. Un moment, j'ai fermé les yeux, quand je les ai réouverts, il était 9 h 22 ! J'ai sauté du lit aussi vite que j'ai pu. Direction la salle de bains. Une fois habillé, je suis descendu de ma chambre en dévalant les escaliers. Maman était sur le pas de la porte, prête à partir. Elle avait troqué son uniforme blanc pour un tailleur rouge vif avec une chemise blanche à rayures verticales vert foncé. La combinaison la plus improbable qui soit pour le commun des mortels, mais ça marchait. Qu'est-ce que vous voulez que je vous dise, n'est pas congolais qui veut ! Se sentant observée, elle se retourna vers moi :

— Où est-ce que tu vas comme ça ? me demanda-t-elle d'un ton aussi glacial que son regard.

Quand elle comprit que je me rendais à l'église, comme elle, elle fut incapable de cacher son agacement. Elle ne voulait pas m'avoir dans les pattes, mais, en même temps, elle ne pouvait pas me fermer les portes du salut éternel, au risque de mettre en danger le sien. La vérité, c'est que je me serais bien passé d'aller à la church. Je déteste l'église depuis la primaire. À l'époque, l'école, c'était 6 jours sur 7, on avait des demi-journées de cours le mercredi et le samedi. Du coup, flemme de me lever tôt le dimanche aussi. Si Dieu s'est reposé le septième jour, pourquoi pas moi ?!

Mais au fil du temps, je m'y suis fait. De toute façon, j'avais pas l'choix, l'église, c'était ma garderie, mon école de musique, l'endroit où j'ai eu mes premiers flirts, etc. J'ai claqué la porte à 17 ans quand l'église a organisé un programme pour « réclamer » ma virginité. Pendant toute mon année de troisième, mon seul focus était de trouver un vagin où tremper mon biscuit. À 15 piges, mes efforts avaient été récompensés. L'acte sexuel était loin de ce que j'avais espéré, mais tous mes gars qui étaient encore puceaux me respectaient de l'avoir fait. Pour eux, j'étais passé dans une autre dimension. Et tout ce que l'église trouvait à me proposer était de soumettre volontairement ce que j'avais si durement acquis pour redevenir pur et innocent aux yeux du Seigneur ?! C'est des narvalos, eux !

De toute façon, l'église, c'est la Comedia dell'arte. Ils sont tous là à jouer les saints alors qu'en vrai, ils sont pas mieux que les païens qu'ils critiquent à longueur de journée. Je dirais même qu'ils sont pires parce qu'eux sont censés être les détenteurs de la vérité. Perso, je me suis jamais fait d'illusions quant à ma propre nature, je suis un pécheur. La plupart des paroissiens étaient mes clients, ils savaient que les produits que je vendais étaient tombés du camion et ça ne les empêchait pas d'acheter. Mais certains avaient l'audace de penser qu'on était pas tous dans le même sac, comme si je pouvais pas voir derrière leur masque de respectabilité. Comme si je savais pas que les filles de la chorale s'écharpaient pour savoir qui allait chanter les solos, que des adultes de la direction abusaient de leur autorité pour récolter des faveurs en tout genre…

Le seul vrai moment pur pendant le culte, c'est le prêche. Le flow du pasteur combiné à la profondeur des paraboles sorties du livre saint, les notes de clavier bien senties du pianiste pour accentuer ses propos tandis qu'il délivre le message en staccato, allant crescendo jusqu'à ce que le public, le pasteur et la chorale vibrent tous sur la même fréquence et qu'on atteigne ensemble l'état de transe. J'ai qu'un seul mot pour décrire cet état : orgasmique !

J'étais allé deux ou trois fois à l'église de la prison, mais j'ai vite arrêté. Le Jésus des Babtou n'est pas crédible. Déjà, ils le font blond aux yeux bleus alors qu'il est censé être né à Bethléem ! Bon, je suis pas un crack en géographie, mais à partir du moment où tu me dis que Jésus est né au Moyen-Orient, il peut pas avoir une dégaine de Viking, soyons sérieux. Et cette histoire de hippie qui tend l'autre joue, on en parle ? Moi, le Jésus auquel je m'identifie, c'est celui qui a défoncé les marchands du temple à coups de bâton.

C'est simple, pour moi, J-C, c'est une caille-ra et il tient ça de sa daronne. La meuf a quand même eu l'audace de sortir à Joseph, en le regardant droit dans les yeux, qu'elle avait été engrossée par l'Esprit saint. Franchement, chapeau, l'artiste ! Mais pour en revenir au fils, Jésus, c'était un chef de gang, faut se rappeler qu'à 30 piges, le gars marchait dans la street avec 11 autres gars, il discutait avec des péripatéticiennes, les connaissait par leur prénom. Il organisait des barbecues en bas du bloc – épisode connu comme celui de la multiplication des pains – et il faisait des freestyles devant des foules en délire. Si Jésus était apparu dans cette France post-attentat, avec son faciès de Sémite et son discours révolutionnaire, il serait fiché S à coup sûr. Je pose ça là comme ça, faites-en ce que vous voulez.

Je me frayais un chemin dans le couloir central de l'église qui séparait le public en deux pendant que la chorale chantait un cantique. Les paroissiens, noirs pour la plupart, chantaient et bougeaient au rythme du chant. Au fur et à mesure que j'avançais, je captais les coups d'œil appuyés, même hostiles de certains à mon égard. La brebis galeuse était de retour. Au moment même où la chanson touchait à sa fin, je posais mon derrière impie sur l'unique siège vide du premier rang.

Au lieu du silence ambiant à la fin d'un chant, tout ce que j'entendais, c'étaient des murmures. La femme assise à côté de moi s'assurait que la jambe de son petit ne me touche pas, comme s'il courait le risque de devenir voyou à mon seul contact. Je sentais les regards en biais de parents qui me jugeaient, mais aussi les phéromones de quelques adolescentes intriguées. J'aurais voulu vous dire que rien de tout cela ne me touchait, en fait je pétais un câble : s'il s'agissait uniquement d'une attaque envers ma personne, j'aurais encaissé sans problème, mais ces chuchotements remettaient aussi en cause la daronne et l'éducation qu'elle m'avait donnée. Qui dit délinquant ne dit pas forcément mal élevé.

Le pasteur mit fin aux bruits à l'aide de sa voix de baryton.

— Je vais vous demander d'ouvrir vos bibles à Mathieu, chapitre 7, verset 14.

Presque immédiatement, les paroissiens m'oublièrent et ouvrirent leurs bibles à la recherche du passage indiqué.

— Quelqu'un veut se lever pour lire ? reprit le pasteur.

Ma voix résonnait dans la salle tandis que je me levais pour regarder ces petites gens de toute ma hauteur. Appelez ça hasard, coïncidence ou signe, l'extrait était fait pour moi.

— « Entrez par la porte étroite. Car large est la porte, spacieux est le chemin qui mène à la perdition, et il y en a beaucoup qui entrent par là. Mais étroite est la porte, resserré le chemin qui mène à la vie, et il y en a peu qui le trouvent. »

— Mon frère en Christ, ça me fait chaud au cœur de voir que le Seigneur a jugé bon de guider tes pas vers sa maison, dit le pasteur.

Ce message avait le double effet de me souhaiter la bienvenue et de rabrouer ses paroissiens.

— Et maintenant pour les anglophones, renchérit le pasteur.

Ange, le jeune fils du pasteur, se leva du coin de l'estrade où il était assis avec plusieurs anciens de l'église. Parmi eux, il y avait le second pasteur, les fidèles de la première heure et quelques entrepreneurs à succès dont Pitchou Massamba. J'oubliais toujours le nom des autres tontons, mais celui de Pitchou, je pouvais pas l'oublier, c'est le genre de blaze qui me file le sourire.

Perché sur le podium, Ange avançait vers le pupitre d'un pas assuré. Si on se fiait à son costume cintré sur mesure, à sa bible King James aux pages dorées, à sa paire de lunettes, je comprendrais qu'on veuille lui donner le bon Dieu sans confession, mais pour avoir fait les quatre cents coups avec ce gars, je peux l'assurer : Ange est tout sauf un ange. Il se mit à déclamer le même passage que j'avais lu, mais cette fois-ci dans la langue de Shakespeare et je dus admettre que Makeda avait raison : son anglais était parfait. C'était notre Bryan in the kitchen. FUCK !

Recruter Bryan

Je retrouvai Ange quelques heures après le culte, garé juste à côté du barbershop où il était censé avoir rendez-vous. Son coiffeur avait donné la même heure à deux autres clients qui s'étaient pointés au salon avant lui. On s'était donc posés à l'intérieur du van de l'église, que Monsieur utilisait à des fins personnelles, pour discuter en privé en attendant que le coiffeur l'appelle pour son tour.

Ange était fait pour être politicien. Au lieu de poser ses couilles sur la table et de me dire qu'il avait aucune envie de se mouiller dans mes histoires, ce qui était le cas, il s'est mis à parler en langage crypté, à faire des circonlocutions. Histoire de secouer un peu le cocotier, je le rappelai à des souvenirs pas si lointains :

— Ça te dérangeait pas de me *fréquenter* quand on vidait des camions ensemble.

On était qu'à deux dans le van, mais il jeta des regards autour de lui pour s'assurer que personne ne m'avait entendu. Les personnes les plus proches faisaient partie d'un groupe de trois ados qui discutaient dehors. Ils avaient 15, 16 piges à tout casser, comme Ange, Makeda et moi à l'époque où nous étions inséparables.

En les voyant, Ange évoqua avec nostalgie nos exploits du bon vieux temps, nos sorties nocturnes avec les cagoules et les gants. Il m'avoua ne jamais s'être senti aussi vivant que lors de nos braquages. Je savais exactement de quoi il me parlait, y a rien de plus kiffant qu'un bon shot d'adrénaline. Il me confessa avoir eu peur d'être le prochain quand je me suis fait écrouer, pas seulement pour lui, mais aussi pour ce que ça allait impliquer pour l'image de l'église que son père avait mis vingt ans à bâtir. Ha, ha !, même dans ces moments d'honnêteté, le gars essayait quand même de me prendre par les sentiments.

Je jouais le jeu, je l'écoutais vider son sac, l'encourageais même. Je le relançais sur des anecdotes de nos braquos. On se tapait des barres de rire. Je perdis mon sourire à l'arrivée d'un quatrième jeune qui vint se joindre au groupe dehors, je voyais déjà le truc venir, gros comme une maison.

J'aurais pu donner Ange aux keufs pour écoper d'une peine plus courte. Si je l'avais balancé, peut-être même que j'aurais pas vu l'intérieur d'une cellule. Mais je l'ai fermée. Je m'attendais pas à avoir une médaille pour ça. Mais un minimum de gratitude aurait été sympa. Des lettres, et des mandats-cash aussi. Et voilà qu'il recommençait avec ses salades et ses « Je sais que t'as pris cher pour moi, Curtis ». Je sentais déjà le MAIS pointer le bout de son nez – on a eu droit à un bruit de tôle à la place.

Un des jeunes avait été projeté sur le capot du van. Tout le groupe subissait un contrôle d'identité musclé. J'avais vu le baye venir : 3, c'est un groupe d'amis, mais 4 Noirs ensemble, pour les képis, c'est quasiment une association de malfaiteurs. Cette règle était un des nombreux héritages du Code Noir de 1685. Il avait beau ne plus être en vigueur, il y a des habitudes qui ont la peau dure.

— Regarde-moi ces voyous, commenta Ange.

Pour une fois, j'étais d'accord avec lui, les policiers se comportaient comme des racailles de base. Si c'était pas pour les uniformes, on aurait pu croire à une embrouille entre deux bandes rivales.

— Ils font les étonnés alors qu'ils marchent avec des pulls à capuche et des jeans au ras des fesses, renchérit Ange.

Ah, donc Angelito était du côté de la volaille ! Wow, c'est fou à quel point on peut vite devenir vieux con si on fait pas gaffe. Il était déjà sur le chemin avant que j'entre en taule, mais sa progression avait dépassé tous mes pronostics. Ce qui me rassurait, c'est que ça rendait la suite du plan plus facile à exécuter. Les derniers remords que j'avais s'évaporaient comme neige au soleil. Je lui serrais la main en lui assurant avoir compris ses raisons de ne pas m'aider avant de me barrer.

Recruter Bryan partie 2

Quand Ange revint enfin chez lui, il n'eut pas l'air très heureux de me trouver assis sur son canapé face à la télé. J'avais baratiné le pasteur en prétextant avoir rendez-vous avec son fils pour qu'il me laisse rentrer. Son père, qui me connaissait bien, était remonté dans son bureau, me laissant seul dans le salon.

Avant qu'Ange puisse dire quoi que ce soit, je lui demandai de mettre des sapes plus relax, on était attendus au resto. Il me rétorqua qu'il avait déjà un truc de prévu. Je l'exhortai à revoir ses plans : je l'avais peut-être pas donné aux keufs, mais rien ne m'empêchait de le balancer à son darron. Il me mit au défi de le faire. Je lui expliquai que je ne voulais pas aller jusque-là, mais que s'il me forçait, je n'hésiterais pas.

Je savais d'expérience que Ange pouvait parfois être une tête brûlée, mais je m'attendais pas du tout à ça. Il est sorti brièvement de la pièce pour aboyer à son père qui se trouvait à l'étage de nous rejoindre. Il devait sûrement penser que je bluffais. Tout ça me laissait peu de temps pour agir.

— Maintenant, c'est ta parole contre la mienne, me dit Ange.

— C'est plutôt ta parole contre la tienne.

Je sortis mon téléphone et lui jouai notre conversation de l'aprèm que j'avais enregistrée à son insu. En entendant sa propre voix se vanter des nombreux méfaits qu'on avait commis, Ange fit une descente d'organes. Il était fait comme un rat. J'eus à peine le temps de comprendre ce qui m'arrivait que je me retrouvai plaqué au sol. Ange tentait de m'arracher mon téléphone des mains. J'étais plus grand, plus musclé, plus fort, mais j'étais à deux doigts de lâcher ; comme quoi, faut pas sous-estimer l'énergie du désespoir.

— Qu'est-ce qui se passe ici ?! Pourquoi vous vous battez ?

La voix du pasteur grondait depuis la porte du salon, faisant trembler les murs. Ange et moi, on s'est relevés sans demander notre dû.

— On se battait pas. Papa, on rigolait, rétorqua Ange.

Le pasteur se tourna vers moi pour avoir confirmation. Je pris tout mon temps pour la lui donner. Du coin de l'œil, je pouvais voir Ange me supplier du regard.

— On rattrapait juste le temps perdu, pasteur.

— La prochaine fois, faites ça ailleurs que dans mon salon. Et toi, pourquoi tu m'as fait descendre ?

C'était le moment de vérité pour Ange. La croisée des chemins. Il avait deux options : céder à mon chantage ou dire toute la vérité à son père et saborder tout mon plan au passage. Qu'allait être son prochain move ? Je jouais innocemment avec mon tél pour lui mettre la pression.

Quand Ange prit la parole, je dus admettre que ce connard avait un don pour présenter une situation à son avantage. C'était tellement de l'abus que mes oreilles saignaient à l'entendre baratiner son père. J'étais surpris d'apprendre, en l'écoutant, que le gars m'avait proposé de lui-même de m'aider à réviser mon bac, mais qu'il voulait la bénédiction de son père avant de s'engager. C'était plutôt habile de sa part : en faisant ça, il remettait la décision entre les mains de son père. Si le pasteur disait oui, il avait les mains libres pour m'aider, ce qu'il ne voulait pas faire. Mais si jamais son père disait non… J'étais en chien. Restait plus qu'à savoir comment il allait réagir.

J'ai jamais pu vraiment cerner si le pasteur me kiffait ou pas. Il a toujours été chaleureux avec moi, mais il l'était avec la plupart de ses paroissiens. Un jour, il a qualifié mon attitude à l'égard de la parole de Dieu comme étant « tiède », et c'était pas un compliment : si être chaud bouillant, c'est être un convaincu, être froid, c'est ne demander qu'à être convaincu. Alors qu'un tiède, c'est quelqu'un qui a un pied dedans, un pied dehors, bref la pire espèce de croyant qui soit.

— Il n'y a pas de plus grand amour que de donner sa vie pour ses amis, dit le pasteur en interrogeant son fils du regard.

— Jean, chapitre 15, verset 13, répondit Ange sans hésitation.

Satisfait, le pasteur tapa sur l'épaule de son fils, puis prit ma main dans la sienne, celle de son fils dans son autre main et nous intima d'en faire autant afin de remettre notre plan dans celles du Seigneur.

— Seigneur mon Dieu, tu as dit que là où trois personnes se réunissent en ton nom, tu es là, c'est donc en ta présence que nous nous réunissons en ce jour…

Le deal était scellé, c'est Makeda qui allait être contente : j'avais réussi à recruter notre Bryan avec la bénédiction du Seigneur en prime. Amen !

Le premier souper

J'expliquai à Ange que Makeda avait jugé primordial d'organiser un dîner avant de se lancer dans cette mission de longue haleine. Selon elle, on peut pas rester fâché avec quelqu'un avec qui on a partagé un bon repas. Le dîner devait donc sceller la cohésion de l'équipe.

— Cohésion mon cul, elle veut juste bouffer gratos, me rétorqua Ange.

Si j'étais d'accord avec lui, je n'en laissais rien paraître.

On avait décidé de manger au restau de ma Tante Tina. J'étais stressé, je savais pas à quel accueil m'attendre. Tante Tina, c'est la tante cool, la tante des premières fois. Ma première paire de Jordan, c'est elle. Les premiers conseils pour mettre une meuf dans mon lit, c'est elle. Ma première boîte de capotes, c'est aussi elle. Je l'appelle Tante, mais on partage pas le même sang, c'est une ancienne collègue infirmière de la daronne. Une Antillaise qui revendique ses origines africaines. Comme elle se plaît à me le répéter dès qu'elle en a l'occasion, elle me connaissait avant même que je sorte du vagin de sa copine. Ce genre de commentaire me met toujours mal à l'aise, ma mère et le mot « vagin » n'ont rien à faire dans la même phrase.

Le succès du restaurant ne se démentait pas. La bouffe, qui était un mix de tout ce qui se faisait de mieux sur le continent, par continent j'entends l'Afrique, était délicieuse. L'ambiance était bon délire, et son refus de prendre des réservations faisait qu'une longue queue de clients, Blancs pour la plupart, campait sur le trottoir tous les soirs. Je fis remarquer à Ange que si ces gens-là savaient nous apprécier autant qu'ils appréciaient notre musique, notre « joie de vivre » et notre bouffe, on aurait aucun problème à se sentir français au-delà d'un été de coupe du monde. Il m'assura qu'il se sentait français tout le temps. Ça m'étonnait pas le moins du monde.

Aussi longtemps que je me rappelle, on a toujours accordé à Ange le bénéfice du doute et je blâme ses lunettes pour ça. Au collège, on était inséparables, mais cette amitié me coûtait déjà à l'époque : chaque fois qu'il faisait des conneries, c'était toujours moi qui trinquais.

Quand elle me vit, Tante Tina m'enlaça dans ses bras avant de me gifler, de me fourrer une assiette d'alloco dans les mains et de me coller un bisou sur la joue. L'affaire était réglée ! Si la daronne était aussi expéditive, ma vie serait beaucoup moins compliquée. Je rejoignis la cour privatisée où nous attendait l'équipe au complet. Adem vint immédiatement nous saluer, Ange et moi. C'était la première fois que je le voyais en chair et en os. Le gars aimait garder sa chemise ouverte comme son mentor. Ange ne put s'empêcher de faire une micro-grimace en voyant la main de Fatma autour de son cou.

Makeda salua Ange d'un mouvement de tête furtif, dédaigneux même, avant de rediriger son attention sur l'assiette d'alloco dans mes mains. Elle me le dira jamais, mais je sais qu'elle a une dent contre lui pour ne pas m'avoir soutenu pendant mon incarcération. Pourtant, je sais aussi que dans son for intérieur, Makeda espérait que je trouve en moi le courage de lui pardonner afin qu'on redevienne amis. La pauvre allait être déçue. J'avais beaucoup mûri pendant mon séjour au placard, mais pas au point d'atteindre l'illumination. Que serait le monde sans les femmes : elles cherchent toujours à bâtir des ponts là où les mecs veulent ériger des forteresses.

À peine installé, Ange questionnait déjà la présence de MDT. J'avais beau lui expliquer qu'il était là pour s'occuper de la technique, Ange faisait la sourde oreille. Il ne comprenait pas qu'on embrigade un petit de 13 piges dans nos histoires. MDT rétorqua qu'il en avait 15 avant de nous demander à Ange et à moi nos portables. Je donnai le mien sans hésiter, Ange résista jusqu'à ce qu'il apprenne par MDT que Google espionnait nos conversations. Il lui en fallut pas plus pour confier son précieux sésame. Monsieur devait être traumatisé par les écoutes téléphoniques, le pauvre. MDT mit tous les portables dans une sacoche en aluminium qu'il plaça dans le frigo de la cuisine du restaurant, ce qui semblait questionner Ange. Mais comme personne n'y trouvait rien à redire, il se tut.

Pas une parole ne fut prononcée au sujet du braquage pendant tout le dîner. On a passé la soirée à se goinfrer, rire et danser. Enfin, Makeda a dansé. Elle danse toujours quand elle a bien mangé. Assis à la table, fier comme un père de famille, j'observais l'équipe qu'on avait réussi à former. Qui aurait pu penser qu'une semaine auparavant, j'étais enfermé dans une cellule ? C'était une soirée courte mais plutôt cool.

J'avais songé à laisser mon bracelet chez moi, mais vu que la daronne m'avait imposé son propre couvre-feu à 22 heures tapantes, ça servait pas à grand-chose de l'enlever. Du coup, à 21 h 45, on a quitté la table. Makeda avait tellement dansé qu'elle n'assumait plus ses talons. Tel un gentleman, je la tenais par l'avant-bras tout en suivant discrètement du regard une paire de fesses qui nous guidait gentiment vers la sortie du restaurant.

J'ai lu quelque part qu'un bon dialogue, c'est deux monologues qui se confrontent. Les deux fesses devant étaient tellement volumineuses qu'elles avaient l'air de se battre l'une contre l'autre pour leur survie. Un vrai choc des titans ! « Ça va, tu t'es bien rincé l'œil » commenta Makeda mettant fin à mon petit instant de plaisir coupable.

On traversait tous les 5 le passage piétons comme les Beatles sur la pochette de l'album *Abbey Road* quand soudain, une voiture fonça vers nous à vive allure. J'ai évité de justesse le véhicule. Adem attrapa Makeda par le bras et la propulsa vers l'arrière tandis que la bagnole slalomait entre nous.

« RENTREZ CHEZ VOUS, BANDE DE SALES NOIRS », hurla un des passagers du bolide.

Sans m'en rendre compte, je fis un best of des fois où l'on m'avait traité de sale Noir. La première, c'était en muet. J'étais en CP pendant une sortie, et ma camarade de classe ne voulait pas me tenir la main sous prétexte qu'elle était toute « noire ». J'ai compris ce qu'elle voulait dire bien plus tard.

La deuxième, c'était en CM1 quand je me suis embrouillé avec Youssef. Pas de préliminaires, il a dégainé avec du lourd d'entrée de jeu : « Sale Noir ». J'étais pas prêt.

On peut pas dire que le français soit une langue avare en insultes. « Connard » aurait été un bon point de départ avant de s'engager dans de telles extrémités.

Après, y a eu les matchs de basket dans des patelins du fin fond du Ch'nord. C'était quelque chose de voir un père initier ses enfants à imiter des bruits de singe. Presque touchant même, pour quelqu'un comme moi qui n'a jamais fait grand-chose avec son paternel. Je sais que ça va sonner bizarre, mais, de temps à autre, c'est rafraîchissant d'entendre verbaliser haut et clair : SALE NÈGRE. Ça permet de confirmer qu'on se fait pas de films quant au pourquoi du comment.

La voiture qui avait failli nous écraser s'arrêta au feu rouge à une centaine de mètres devant et MDT se mit à courir derrière le véhicule aussi vite qu'il pouvait. Au bout de quelques mètres, il se rendit compte qu'aucun de nous ne le suivait. Makeda, Ange, Adem et moi avancions calmement vers le van.

— Mais, mais vous faites quoi ? criait MDT comme un hystérique au point d'en devenir tout rouge.

— J'ai des gosses qui m'attendent à la maison, lui répondit Makeda.

— C'est une nouvelle chemise, lança Adem sur un ton blasé.

— Je suis pas un sale Noir, rétorqua Ange.

MDT, aux abois, tourna son regard vers moi. Je lui montrai mon bracelet électronique.

La SPIP

Le lendemain, à mon réveil, j'ai été happé par une odeur particulière, somme toute assez familière, vu que j'avais dû la subir pendant quasi un an. C'était l'odeur de l'enfermement. Depuis l'étage de mon lit superposé, je voyais les barreaux à la fenêtre. Putain, j'étais de retour à la case départ ! De retour à Loos Angeles. Je fermais les yeux un court instant. Quand je les rouvrais, j'étais assis dans le bureau du service pénitentiaire d'insertion et de probation. Spip pour les intimes. Les épisodes ne duraient que quelques secondes, mais, chaque matin, c'était la même chose. Chaque matin, je me réveillais pas en tant que Curtis, mais en tant que matricule 63374 B.

La Spip m'expliquait que tout cela était normal : la prison me manquait. Qu'est-ce qu'elle racontait, cette vieille peau ?! Comment la prison pouvait me manquer ?! Piqué au vif, je confrontais la conseillère pénitentiaire du regard, ce que j'avais évité de faire depuis que j'étais entré dans son bureau.

Elle s'appelait Mme Moutoux. En lingala, son nom signifiait « tête » et la sienne était un peu plus volumineuse que la moyenne. Elle devait mesurer 1,50 m à tout casser. Ses mains palmées l'empêchaient de tenir son stylo correctement. Son siège était un fauteuil roulant électrique pour handicapés moteurs. C'était un petit bout de femme qui payait pas de mine, mais, derrière ses lunettes, je pouvais lire dans ses yeux perçants une force mentale incroyable.

— Vous avez déjà entendu parler d'amnésie sélective ?

Je l'invitai à développer par politesse. Selon elle, le cerveau fait en sorte qu'on oublie les événements traumatisants afin que l'on puisse continuer à aller de l'avant. Hum, ça me rappelait un truc. J'avais entendu quelque chose de similaire dans un doc Arte. Elle mit la théorie à l'épreuve de la réalité, me demandant si je me souvenais de mes premières nuits en prison. J'avais un trou noir. Impossible de me rappeler.

— Vous ne vous en souvenez sûrement pas, parce que c'était traumatisant. Il vous a sûrement fallu quelques jours pour vous ajuster à cet environnement « hostile ». Et maintenant, vu les circonstances de cette sortie à laquelle vous n'avez pas eu le temps de vous préparer, c'est l'extérieur qui est devenu un environnement « hostile ».

— En gros, vous êtes en train de me dire que je suis un… fragile ? je répliquai en blaguant.

— Nan, je suis en train de dire que vous êtes humain. Pas un surhumain comme vous aimeriez le penser. Pas un sous-humain comme certains essaieraient de vous le faire croire. Juste un humain, monsieur Batubingila.

Je ne pouvais pas m'empêcher de sourire, ce qui ne semblait pas lui plaire.

— J'ai l'air d'un clown ? me questionna-t-elle sur un ton agressif.

Je lui assurai que non.

— Qu'est-ce que t'as à sourire comme un con, alors ?

La meuf était tellement brute de décoffrage qu'elle était passée au tutoiement comme ça, sans s'en rendre compte. Quand j'eus enfin l'espace pour en placer une, je lui expliquai que j'étais juste surpris qu'elle ait si bien prononcé mon nom. Ça la calma, pas au point de s'excuser de m'avoir insulté.

— Je suis handicapée, pas illettrée !

J'étais mort de rire, je voyais qu'elle se retenait de rire aussi. Ç'aurait été très peu professionnel de sa part. Surtout pour un premier rendez-vous.

Avant que je quitte son bureau, Mme Moutoux ne manqua pas de me rappeler que même dehors, j'étais techniquement en train de purger ma peine. J'avais droit à trois avertissements concernant le respect des horaires. Au bout de trois faux pas, c'était retour à la case prison. La mention de Loos Angeles me fit froid dans le dos. Après avoir goûté à la liberté, à la nourriture de ma mère, il était hors de question que j'y remette les pieds.

LA PRÉPA

Le scénario

Le problème avec les visionnaires comme wam, c'est qu'on est partout... Sauf dans le présent. C'est contre-productif ET fatigant parce que par définition le passé est passé, pas grand-chose à y changer. Concernant le futur, je voyais pas de lumière au bout du tunnel. Du coup, ça me rendait anxieux de ouf. La taule m'avait calmé sur ce point-là. La première chose que t'apprends là-bas, c'est qu'une peine, ça se fait au jour le jour. En emprisonnant mon corps, on m'avait enfin soulagé l'esprit. Quand ton souci majeur est de survivre jusqu'à la fin du mois, t'en oublies la fin du monde.

Ça faisait du bien d'être dehors, mais depuis que j'y étais, mon anxiété refaisait surface. J'avais beau être sorti, je savais que j'avais troqué une prison pour une autre. Bah ouais, c'est pas parce qu'on marche à l'air libre qu'on est forcément libre !

Les prisonniers, ça court les rues : ça se capte à la démarche, aux épaules affaissées, aux regards dans le vide ou dirigés vers le bitume. Si tu dois payer un loyer, ta bouffe, l'assurance auto, le logement, la mutuelle, les impôts et cotiser pour ton corbillard... certains appellent ça être un citoyen productif, j'appelle ça être un bagnard.

J'ai pas décroché à l'école parce que j'étais mauvais, mais parce que je voulais pas d'une vie de faible. Si avoir des bonnes notes assurait le succès, ça se saurait. J'ai vu le paternel travailler pour un salaire de misère, sous prétexte qu'il avait pas eu son diplôme dans le bon pays. J'ai vu des grands frères, nés ici, surdiplômés, former des gens pour qu'ils deviennent leur supérieur hiérarchique. Pourquoi me battre quand j'en ai vu des plus brillants que moi se casser les dents, pourquoi espérer gagner quand les dés sont pipés, quand l'issue du combat est déjà écrite ?

Plus je me projetais, plus je me sentais freiné dans mes ambitions : je voulais être réalisateur, astrophysicien, ingénieur. Que toutes les options soient posées sur la table, mais penser à l'avenir me sapait le moral, j'allais au lit à reculons. J'avais peur de mes rêves. Plus encore du réveil.

Je me sentais empêché, par la société, par les institutions, par ces tontons qui, soi-disant, me voulaient du bien mais éprouvaient un malin plaisir à me dire qu'il fallait que j'en fasse deux fois plus. Et pourquoi ? Mon père avait fini par rentrer au pays justement parce qu'il en avait eu marre d'en faire deux fois plus. La France ne respecte pas la matière grise des basanés, le Nord encore moins.

L'Amérique ? Pourquoi pas ? Leur rêve a beau être cassé, au moins les règles du jeu sont claires, elles sont inscrites sur leurs billets : « *In God we trust* ». Si je ne peux pas être, je peux au moins espérer avoir. Mais pourquoi m'exiler, je suis chez moi ici !!! En faire deux fois plus, et puis quoi encore ? Moi, je veux en faire deux fois moins ! Prendre ce que l'on me donne ? Nan, j'allais prendre ce que je voulais.

Et ça s'est terminé comme ça devait se terminer, ce que j'avais volé, on me l'a fait rembourser en heures. 22 h/24 h dans une cellule pendant une pige ; ça fait combien d'heures, tout ça ? J'ai beau être une bête en maths, j'ai la flemme de faire le calcul. L'ironie de l'histoire, c'est que c'est l'école qui m'a permis de m'évader.

Alerté par le bruit de la sonnerie, je fonçai vers la porte d'entrée. Dans le couloir qui y menait, j'aperçus du coin de l'œil la daronne assise sur le canapé en train de prier au téléphone. Elle avait un groupe de sœurs en Christ qu'elle rencontrait une fois par semaine sur WhatsApp. Pour ma mère, Jésus, c'était pas que le dimanche : elle participait à des marathons de prière chaque mois, elle jeûnait un jour par semaine. Il lui arrivait parfois d'entrer en transe et de parler en langues. La première fois que je l'ai vue dans cet état, j'ai flippé sa mère. Mais c'est comme tout, on s'y fait.

Est-ce que je crois en Dieu ? Franchement, je sais pas, mais ça m'empêchait pas de le prier avant chacun de mes braquages.

Adem, Ange, Makeda et MDT attendaient sur le pas de la porte. Je les invitai à enlever leurs chaussures et à la fermer pour pas déranger la daronne. Au moment où on est passés devant le salon, elle était là à nous regarder, les yeux grands ouverts comme une chouette. On avait pas d'autre choix que de s'arrêter pour que mes acolytes la saluent.

Je l'informai qu'ils étaient là pour m'aider à réviser, je pouvais lire la suspicion dans ses yeux jusqu'à ce que Makeda confirme. Et là, le jus de raisin s'est transformé en vin. C'est simple, tout ce qui sortait de la bouche de Makeda était pris pour parole d'évangile par la madre qui ne comprenait pas comment, pourquoi, une fille aussi brillante qu'elle pouvait s'intéresser à moi.

J'avais oublié à quel point la daronne avait le sourire facile, j'avais pas vu ses dents depuis des lustres. À la manière dont elle les dévoilait, je pouvais jauger son degré d'appréciation pour quelqu'un : elle adorait Makeda, kiffait Ange, elle tolérait MDT. Elle avait beau le considérer comme son fils, elle ne pouvait le supporter qu'un temps limité.

Quand je lui présentai Adem en prenant soin d'écorcher son prénom, le transformant en « Adam » (pour des raisons que j'expliquerai plus tard), ma mère ne sut pas quoi penser de ce jeune homme à la chemise déboutonnée. Bonne ou mauvaise fréquentation ? Pour l'instant, elle lui donnait le bénéfice du doute.

Cacahouètes, chips, jus, coussins, j'avais mis le paquet pour que tout le monde se sente à l'aise dans ce qui allait devenir le QG de notre opération pendant les deux mois à venir. L'ambiance n'allait pas être aussi relax qu'au restau, le grand tableau Velleda qui trônait au milieu de la pièce avait donné le ton. MDT, qui avant de monter dans la chambre avait récupéré nos portables pour les mettre dans le frigo, nous distribua des portables à l'ancienne.

— C'est quoi, ça ? dit Ange, en soulevant son téléphone comme s'il s'agissait d'un haltère de 15 kg.

— Nokia 3310, intouchable et incassable ! On les utilisera pour nos communications, je lui répondis.

— Et pour jouer au Snake ! rajouta Ange.

Sa tentative d'humour ne fit marrer que lui. D'ailleurs, il rit un peu moins quand je lui appris que son van allait être réquisitionné pour les besoins de la mission. Il avait à peine terminé de se plaindre que Makeda lui annonçait qu'il fallait en faire teinter les vitres par précaution.

— Teinter les vitres !!! Mais ça va nous rendre encore plus suspects.

Tout le monde entra dans un fou rire, alors Ange s'en prit directement à MDT.

— Qu'est-ce qui te fait rire ?!

Le lâche savait ce qu'il faisait ; il ne voulait pas se frotter à Makeda ni à moi et ne connaissait pas assez Adem pour se le faire. J'hésitais à intervenir, mais Makeda m'en empêcha d'un regard qui en disait long.

— Bah, t'as dit que ça allait nous rendre suspects, répondit MDT, hésitant.

— Ouais, et alors pourquoi tu ris ? insista Ange sur un ton qui ne me plaisait pas du tout.

MDT perdit ses moyens. Le rouge lui montait au niveau des tempes et il commençait à baisser la tête en signe de soumission. C'en était trop pour moi !

— T'es un négro en France. Vitres teintées ou pas, t'es suspect.

Ça y est, j'étais tombé dans le piège.

— Je suis pas un négro, me rétorqua-t-il.

En théorie, il avait raison : on est des individus, avec nos propres personnalités, nos propres expériences de vie. Ça, c'est pour la théorie. Mais dans les faits, si lui, Adem ou moi on entrait dans un ascenseur occupé par une vieille dame ; il y avait de fortes chances qu'elle s'accroche à son sac à main sans nous laisser le temps de dévoiler nos charmantes personnalités. Mais Monsieur ne voulait rien entendre. Monsieur se croyait spécial et je tenais à lui rappeler que c'était pas le cas.

Makeda avait profité de notre embrouille pour dessiner un camembert sur le Velleda qu'elle avait divisé en 7 parts, une pour chaque discipline du bac ES. Les matières étaient accompagnées d'un chiffre qui indiquait son coefficient multiplicateur, ce qui donnait ça : éco (7), maths (5), histoire (5), philo (4), anglais (3), espagnol (3), EPS (2)

Pour l'EPS, dont la note était basée sur du contrôle continu, le prof avait eu la gentillesse de me mettre 10 de moyenne annuelle alors que je n'avais pas fait une journée de cours. Ce qui arrangeait tout le monde, même l'académie.

Chacune de ces matières reposait sur un an de programme scolaire et même si j'avais été déterminé jusqu'à la mort, ce que je n'étais pas, c'était impossible d'apprendre ces programmes en entier en deux mois. La solution ? Se concentrer uniquement sur les matières aux plus gros coefs.

D'un commun accord, on avait décidé avec Mak de faire l'impasse sur la philo. Malgré son fort coef, la discipline était juste intrichable. On misait sur le fait que l'anglais d'Ange permette de compenser.

Devant l'impassibilité d'Ange et de MDT qui ne semblaient pas plus inquiétés par la mission que ça, Adem décida de prendre la parole.

— Même si on oublie la philo et l'espagnol, il faut quand même assurer l'éco, qui n'est pas une mince affaire. Après y a les maths où tu peux pas baratiner, soit tu sais, soit tu sais pas. L'histoire, même chose, faut connaître par cœur les dates des grands événements, souligna-t-il.

Son ton posé contrastait avec la folie de l'entreprise. Tout le monde acquiesça.

— Faut aussi trouver un moyen pour qu'Ange puisse « passer » le sujet à la place de Curtis, précisa MDT.

Enfin quelqu'un de raisonnable, ici, voilà ce que pensait Adem, jusqu'à ce qu'il voie MDT se servir en cacahouètes au calme.

— Pour les maths, je vais passer l'épreuve tout seul. Pour le reste, on va juste récupérer les sujets, je me contentai de lui dire sur un ton rassurant… qui ne le rassurait pas du tout.

— Mais comment ?! s'exclama Adem au bord de la crise d'hystérie.

— Si on avait déjà la réponse, ce serait pas fun, répondit la boss pour conclure le débat.

Makeda mentait par omission, on avait déjà des pistes, mais elle faisait volontairement de la rétention d'information au cas où l'un d'entre nous se ferait attraper par l'ennemi. En stratégie, ça s'appelle un « Chinese Wall ». Je trouvais la logique implacable : si t'as pas d'information, tu ne peux pas balancer. Mais en même temps, qui cherchait à savoir ?

— Le plan est simple : on identifie le lieu de l'exam, on identifie les sujets des matières et on exécute.

Mak nous proposait de concentrer nos efforts sur l'environnement. Il fallait que la bataille se joue sur un terrain qui n'avait aucun secret pour nous, pour pouvoir opérer en toute sérénité. Et sur ce point-là, on avait un problème : l'académie de Lille n'avait pas encore fait son choix sur le lycée où se tiendrait l'exam. Pour illustrer ses dires, je me mis à coller sur le tableau des photos des six établissements qui avaient accueilli l'épreuve dans les dernières années. Photos que j'avais prises moi-même ! Makeda raya au rouge la photo du lycée Sonia Delaunay. Je trouvais le geste peu élégant de sa part.

— Celui-là est encore en rénovation, il a été brûlé par des élèves pendant la grève de mai dernier.

— Comment tu sais ça ? demanda Ange en cachant mal sa curiosité.

— Je suis payée pour, lâcha Makeda.

Tout le monde se mit à rire à ce qu'ils croyaient être une blague. Pas moi ! J'aurais pu m'acheter quinze paires de Jordan avec les 2 500 balles que j'avais investis sur elle. La boss voulait tout savoir sur les sites en question : système de sécurité, détecteurs de mouvement, caméras…

— Mais comment on s'y prend concrètement ? demanda MDT, intrigué, en reprenant des cacahouètes.

— Vous allez devoir vous taper les cinq lycées, reprit Ange, hautain.

— Non, TU vas te taper tous les lycées, lui rétorqua Makeda.

— Il est hors de question que je rentre où que ce soit par effraction, protesta Ange, catégorique.

— T'auras pas besoin de rentrer par effraction où que ce soit vu que t'auras les clés, lui répondit Makeda en lui tendant une business card.

Ange hésitait à la prendre dans ses mains. Sous la pression de nos regards, il se décida à l'examiner. Ce qu'il y lisait le laissa bouche bée. Intrigué, je la lui arrachai des mains et l'examinai de long en large. C'était la carte d'une boîte appelée Nettoyage ++. En voyant le nom du gérant : M. Pitchou Massamba, le bras droit du pasteur, j'éclatai de rire tandis que Makeda nous apprenait que le businessman avait une entreprise de nettoyage qui gérait tous les lycées du département du Nord.

Moi qui pensais qu'elle avait insisté pour que je recrute Ange uniquement pour son anglais. Ha, ha !, cette garce voyait beaucoup plus loin. Les 2 500 que j'avais misés sur elle étaient de loin l'investissement le plus sage que j'avais fait depuis… toujours !

Les clés

Il avait été décidé qu'Ange prendrait un mi-temps dans la boîte de nettoyage pour pouvoir étudier de l'intérieur les failles sécuritaires des établissements susceptibles de devenir le centre d'exam. Ne voulant rien laisser au hasard, Makeda avait décrété qu'il fallait qu'on ait notre propre accès aux différents lycées indépendamment de l'entreprise. Et pour ça, il fallait emprunter leurs clés, le temps de faire des copies. Et ça tombait bien, Ange avait son entretien d'embauche. Comme Pitchou me connaissait, il n'était pas question que je participe à la mission, mais Ange me la raconta avec un tel souci du détail que c'est comme si j'y avais été.

— C'est bientôt la rentrée, du coup, on a besoin de monde donc je pourrai t'engager sur-le-champ, mais je répète, c'est pas un travail facile.

Pendant que Pitchou Massamba parlait, Ange zyeutait de temps à autre son trousseau de clés bien fourni posé sur le bureau. Il envoya discrètement un SMS depuis son 3310 qui disait *Maintenant* !

Soudain le portable du patron se mit à sonner. Pitchou s'en excusa avant de décrocher et quasi immédiatement, une voix de femme aboya tellement fort à l'autre bout de la ligne qu'Ange pouvait l'entendre depuis son siège.

— Vous êtes qui, madame ? questionnait Pitchou en tentant de sauver la face devant Ange.

Choqué par la réponse, l'homme sortit du bureau en laissant ses clés.

Ange se mit immédiatement au travail. Il inséra la clé USB concoctée par MDT dans l'ordinateur de Vieux Pitchou ; elle contenait un malware qui permettait de récupérer toutes les infos importantes à la mission telles que les cartes des établissements, les renseignements sur le personnel et surtout les emplois du temps du mois à venir.

Puis, le fils du pasteur s'empara des clés posées sur le bureau et ouvrit la fenêtre. Adem posté deux étages en dessous, récupéra le trousseau et tapa une pointe jusqu'au van garé dans le parking. Une fois à l'intérieur, il sépara les clés physiques des badges électroniques qu'il confia à MDT.

— J'ai besoin de cinq minutes, lança MDT à Makeda.

Ordinateur portable sur les genoux, MDT se lança dans la duplication des badges électroniques. Adem prit l'empreinte des clés physiques. Assise derrière le volant, Makeda aboyait occasionnellement dans le téléphone en se faisant passer pour la coordinatrice aux équipements de l'académie de Lille.

— Monsieur Massamba, pour être tout à fait honnête avec vous, j'ai encore des réserves quant aux services de Nettoyage ++, c'est la première fois que je vous appelle, mais ce n'est pas la première fois que je me plains de votre travail. Je vous rappelle que les contrats de nettoyage des établissements scolaires vont être soumis à un appel d'offres l'année prochaine, menaçait-elle en se limant les ongles.

Les copies faites, Adem sprinta avec le trousseau jusqu'à la fenêtre. Après deux lancers maladroits, Ange attrapa le trousseau quelques secondes avant que M. Massamba ne revienne dans son bureau, l'air défait. Mutique. Ange rompit le silence mortifère.

— Écoute, Tonton, je commence quand tu veux !

— OK, tu auras ton premier chantier dès la semaine prochaine, lui répondit M. Massamba, perdu dans ses pensées.

Ange en profita pour s'éclipser avec sur le visage, le sourire du devoir accompli. À peine dans le van, MDT lui demanda où était la clé USB. Ange ressortit du van en courant pour repartir d'où il venait. Il ouvrit la porte du bureau de Vieux Pitchou.

— T'as oublié quelque chose ? s'étonna l'ancien.

Ange pouvait voir la clé, branchée au dos de la tour.

— Le Saint Esprit m'a conseillé de prier pour toi, Tonton, déclara Ange, essoufflé, avant de s'approcher de son futur patron et de poser sa main sur le front du vieux.

Il profita du temps que Massamba fermait les yeux pour récupérer la clé USB derrière la tour de l'ordi.

Une fois la mission accomplie, Adem avait insisté pour qu'on célèbre les « petites victoires » comme il les appelait, et récupérer les clés en faisait partie selon lui. On se retrouva dans ma chambre autour de mikatés, de cacahouètes et de jus de fruits. On était loin des gaufres de chez Meert, mais Makeda se goinfrait quand même. Perso, j'étais hyper frustré d'avoir été écarté de l'action ; pour autant, je devais garder profil bas et me contenter de mon rôle de second couteau au moins jusqu'au jour J.

La célébration terminée, je leur montrai sur l'écran de mon ordi les copies qui sont fournies lors des examens. Et ce grâce à la magie d'Internet. Fallait absolument que l'on s'en procure au moins une dizaine pour pouvoir les préremplir en amont des épreuves à venir. Les surveillants peuvent être à l'affût des antisèches, mais aucun ne va soupçonner qu'un élève puisse venir avec ses propres copies.

— Elles ne paient pas de mine comme ça, mais elles sortent directement de l'Imprimerie nationale et on ne peut les trouver que dans des imprimeries certifiées. Il faut des autorisations pour en obtenir.

— Et comment on obtient l'autorisation ? demanda Adem.

— On s'invite, en mode petit braquo à l'ancienne.

Ma réponse prit tellement Ange, Adem et MDT de court qu'on aurait pu entendre une mouche voler dans la pièce. Ils se tournèrent tous vers Makeda pour savoir si elle cautionnait la démarche, mais elle était trop absorbée par la bouffe pour les calculer.

Le repérage

Je coupai le contact du mini-van et pris une longue inspiration avant de me tourner vers MDT, assis juste à côté. Après la victoire d'hier, le risque qu'on courait était de relâcher la garde, de se montrer complaisants. Ma mission était de ne rien laisser passer même s'il s'agissait pas d'un vrai braquage, mais juste d'une répétition.

Je demandais à MDT pour la dixième fois de me répéter les instructions qui lui avaient été données. Il s'exécuta sur un ton blasé : mémoriser les sorties de secours et identifier le système de sécurité. Je lui donnai le feu vert à contrecœur. Enfin libéré, MDT s'enfonça un couvre-chef sur la tête et sortit du véhicule. Je le vis entrer dans l'imprimerie via le rétroviseur. C'était qu'un repérage, pourtant des gouttes de sueur commençaient à perler sur mon front. J'étais en flip total, quand je regardais pas ma montre, je regardais dans le rétroviseur. Je cherchais à me rassurer, c'était JUSTE un repérage.

Il prenait trop de temps, là ! J'espérais que ce petit con n'avait pas fait d'excès de zèle en tentant de voler le truc tout seul. Dans le pire des cas, si jamais il se faisait arrêter, en tant que mineur, qui plus est blanc, on allait lui laisser le bénéfice du doute. C'était LA raison pour laquelle on l'avait choisi pour cette mission. Mais c'est pas de la police dont j'avais peur, mais de la daronne ; je sors de taule et, deux semaines après, comme par hasard, MDT va au commissariat !

Quand la portière s'est ouverte, j'ai soufflé, MDT était de retour sain et sauf. Je lui reprochais d'avoir pris trop de temps, mais pour seule réponse, il afficha un grand sourire, en posant une dizaine de feuilles d'examen vierges sur mes genoux. À ce moment-là, je ne savais pas encore s'il fallait que je l'étrangle ou que je le prenne dans mes bras.

Le casting

Makeda avait beau avoir des lessives à faire, préparer un pique-nique pour son frère, elle tenait absolument à faire un débrief pour savoir comment les choses s'étaient déroulées pour la première journée d'Ange à son job d'été et pour le repérage de l'imprimerie. On opta pour un Skype. Après s'être plaint copieusement de l'uniforme qu'il devait porter au boulot, Ange entra enfin dans le vif du sujet et c'était plutôt éclairant.

Selon lui, les toilettes étaient, de loin, le point faible majeur des quelques lycées qu'il avait visités pour l'instant : pas de caméras ni de détecteurs de mouvement, les plafonds étaient amovibles et la plupart avaient des fenêtres qui rendaient l'établissement accessible de l'extérieur. L'endroit parfait pour faire entrer des copies si besoin.

Le seul vrai inconvénient, selon Ange, était que j'allais devoir justifier le fait d'être obligé de me rendre souvent aux toilettes pendant les exams. Mais il ne voyait pas ça comme un vrai problème, vu que j'avais tendance à raconter de la merde. Je le prenais pas personnellement. Après ces commentaires scatologiques, j'annonçai sans fausse modestie que le braquo n'était plus nécessaire : on avait récupéré les copies. Et là, Makeda a pété un plomb !

Pour elle, y a rien de plus sacré que les plans. Quand elle a un truc en tête, elle veut que ça se déroule comme prévu et pas autrement. Je pense que c'est lié à l'accident de ses parents. Depuis ce jour fatidique, elle veut tout contrôler. Mais en vrai, qu'est-ce qu'on contrôle dans cette putain de vie ? J'avais beau tenter de lui expliquer qu'une opportunité s'était présentée, elle me taxait d'irresponsable égoïste prêt à sacrifier l'avenir de MDT sur l'autel de mes ambitions : « Qu'est-ce que tu aurais fait si MDT s'était fait attraper et qu'on lui avait interdit de passer l'exam pendant cinq ans ?! » J'avoue que j'y avais même pas songé.

Une fois son coup de gueule terminé, je lui expliquai les circonstances du « vol » : MDT s'apprêtait à sortir de l'imprimerie quand un livreur est arrivé et a utilisé deux ramettes de nos « feuilles d'exams » pour maintenir la porte ouverte le temps de délivrer sa marchandise. Du coup, MDT a ouvert une des ramettes et a pris quelques copies ni vu, ni connu.

Malgré ça, Makeda continuait à jacter qu'il fallait s'en tenir au plan.

— Si tu veux, ce qu'on peut faire, c'est rapporter les copies dans l'imprimerie et aller braquer l'établissement un peu plus tard, je lui proposai, histoire de lui faire comprendre qu'elle abusait.

— C'est une bonne idée, rétorqua le fils du pasteur, sourire aux lèvres.

Je lui avais rien demandé à ce Judas, mais voir mon opposant numéro 1 se joindre à ma position forçait Makeda à reconsidérer la sienne. Au lieu de s'excuser de s'être emballée, elle utilisa une technique ancestrale développée et perfectionnée par la gente féminine aux quatre coins du monde depuis la nuit des temps pour ne jamais avoir à reconnaître ses erreurs : la diversion.

— T'as vu les profils des candidats ? me demanda-t-elle.

En étudiant les CV des professeurs d'économie, j'étais étonné de ne pas avoir rencontré plus de profs en prison. Les gars avaient la trentaine, avaient fait de longues études... Tout ça pour devenir des travailleurs précaires à la recherche d'heures pour arrondir leurs fins de mois. À quoi ça sert d'avoir autant de vacances, si tu peux pas te permettre de partir ?

Mais en vrai, c'était tout bénéf pour nous, ça rendait possible l'organisation de castings en plein mois de juillet. Il fallait en trouver un, parmi eux, qui devienne mon tuteur personnel et un peu plus. Pour les sonder comme il se doit, fallait les rencontrer en chair et en os. Mon speech peaufiné, j'organisai un round de speed dating dans un café du Vieux-Lille.

— Voilà, j'ai eu une opération lourde qui m'a empêché de passer mon bac pendant l'année régulière. Je suis donc en ce moment à la recherche d'un prof d'économie pour préparer l'examen de septembre qui aura lieu dans quelques semaines. Et votre profil a retenu l'attention de ma mère.

Pendant ce temps-là, dans un autre café, Makeda tenait le même discours à quelques mots près ; elle recrutait un prof pour son cousin. En une journée, on avait enchaîné une dizaine de rendez-vous au total. Et chaque fois, les candidats avaient la larme à l'œil après notre discours. Si on poussait un peu, ils auraient été capables de nous proposer leurs services gratos. Après le temps des entretiens, était venu celui du débriefing qu'on avait décidé de faire en présence de MDT, au cas où on aurait besoin de quelqu'un pour nous départager. Pour moi, il y avait pas photo : c'était M. Aklouf qu'il nous fallait. Makeda tenait absolument à savoir pourquoi je le voulais, mais j'avais pas d'explications à lui donner à part que je le sentais bien.

— Attends, on est en train de choisir une des pièces maîtresses de notre plan et toi, tu veux prendre ta décision basée sur quoi, une putain d'intuition ?

Je lui confirmai que oui avant de lui demander qui lui avait tapé dans l'œil, à elle. Elle me répondit, non sans honte, que c'était aussi Aklouf. Alors que j'éclatais de rire, elle m'expliqua les raisons « logiques » qui avaient motivé son choix. De 1, Aklouf était vacataire, ce qui signifie qu'en plus d'être payé une misère par l'éducation nationale, il ne touchait rien pendant les vacances, ce qui veut dire qu'il avait vraiment besoin de ce taf. De 2, il avait trois mille cinq cents amis sur Facebook, ce qui signifiait que le piège qu'on avait prévu était plus susceptible de marcher.

— De 3, interjeta MDT, M. Aklouf participe au comité d'organisation du bac de septembre.

Makeda et moi étions sur le cul. Ce que MDT nous avait sorti était une pépite, on pouvait pas espérer mieux. En même temps, on était dépassés par le fonctionnement de l'Éducation nationale. S'ils avaient jugé bon de confier une tâche si importante à un vacataire, pourquoi ne pas lui offrir un poste de titulaire ?! Dans tous les cas, mon intuition ne m'avait pas fait défaut et je ne manquais pas de le rappeler à Makeda : Aklouf était le gars de la situation. En guise de réponse à ma provocation, Makeda me tchipa de toutes ses forces.

Alors le tchip techniquement parlant, c'est frotter volontairement sa langue contre les deux dents du haut de devant pour produire un son qui fait « tchip », d'où le terme. Le tchip permet d'illustrer tout le dédain que le tchipeur a pour le tchipé sans dire un mot. Plus le tchip est long plus le dédain est profond.

En gros, Makeda me crachait dessus.

M. Aklouf

Juillet était passé en un coup de vent, août tapait déjà à la porte. La sonnerie du téléphone fixe retentit. Allongée dans le canapé situé à peine à quelques mètres de l'entrée, Tantine Christelle utilisait toute la force qui lui restait après une longue journée de travail pour aboyer mon nom. Mais j'ignorais les cris répétés de la daronne. Elle avait sûrement encore perdu la télécommande.

Alerté par ce sixième sens que j'ai développé après m'être fait pécho, une fois, en train de me branler, j'ordonnai à tout le monde de ranger tout document compromettant. Quand ma mère ouvrit la porte de ma chambre, sans toquer bien sûr, on tentait tous de paraître le plus innocents possible – ce qui nous rendit coupables à ses yeux.

— Y a un certain M. Aklouf qui a appelé, me dit-elle.

— C'est le professeur d'économie dont je t'avais parlé ; il va m'aider pour le bac.

Il y eut un petit moment de flottement, puis la daronne se mit à parler en lingala. En général, un parent passe d'une langue à une autre dans deux cas de figure : soit parce qu'il galère pour trouver les bons mots dans la langue d'emprunt, soit pour communiquer secrètement. Ici, je penchais pour la deuxième option. J'étais tellement accaparé par mon plan que j'avais oublié un petit détail en engageant

M. Aklouf : ma mère ne porte pas vraiment les Arabes dans son cœur.

Quand elle est arrivée à Lille au milieu des années 80, Maman ne faisait pas la différence entre les Blancs et les Arabes venus quelques générations avant pour bosser dans les usines de textile... Pour elle, ils étaient tous « blancs ». Mais petit à petit, elle a commencé à remarquer les vêtements, les noms, les accents, le cri du cœur de la voisine pourtant très sympa du troisième qui dit à sa fille qui voulait se marier avec un Noir qu'elle aurait préféré qu'elle lui ramène un handicapé.

Et puis le martèlement sournois des médias au fil des décennies n'aidait pas. Les Arabes étaient devenus des beurs, puis des musulmans puis des islamistes. L'option français n'avait jamais été posée sur la table. Et puis y a eu les attentats de *Charlie Hebdo*... Une surprise pour certains, une suite logique pour d'autres, un choc pour tous. Et on demandait aux Arabes de choisir leur camp... Alors qu'on l'avait déjà choisi pour eux. Ils étaient déjà condamnés par leur nom, leur faciès, leur religion supposée ou avérée.

Si elle avait grandi ici, comme moi, Maman saurait que tout le monde est raciste. J'ai eu des voisins blancs qui lâchaient leurs chiens sur nous quand j'étais en primaire. Des potes enfants de « boat people » dont les parents leur interdisaient de nous laisser entrer chez eux. Le problème avec nos voisins d'au-dessus du Sahara, c'est qu'ils savent pas doser. J'ai eu droit à des « sale Khel » (Noir), « kahlouch » (négro) par les rebeus du quartier. J'ai découvert « azzi » (négro) et « abid » (esclave) en traversant la frontière quand je passais des étés chez ma tante à Bruxelles. L'insulte qui est restée gravée dans ma tête, c'est

« azerk yemmuten » (Noir enragé en chleurh). Celle-là, je la trouvais un peu exagérée.

J'ai vu dans un documentaire Arte que les Inuits sont tellement obnubilés par la neige qu'ils ont plus d'une dizaine de mots pour la nommer dans ses différents états. Je ne sais pas si cinq termes suffisent pour en conclure que les rebeus sont obsédés par nous. Si c'est le cas, c'est une obsession à sens unique parce qu'en lingala, on a pas un seul mot pour les décrire. On a dû faire preuve de créativité et utiliser le nom d'une tribu qui a pas très bonne réputation pour les désigner : les Mundibus.

Ce que je n'arrive pas à m'expliquer, c'est que la daronne a toujours eu plus d'indulgence envers les babtous sous prétexte qu'ils sont « chez eux ». Mais je pense que le vrai problème, c'est qu'ils sont dans sa tête. Dans notre langue, le mot pour dire Blanc, c'est « Mondélé » qui vient du mot modèle. Voilà comment le ver a été introduit dans le fruit. Voilà comment la haine de soi s'est installée chez nous, en nous, de génération en génération.

En grandissant, la daronne éclaircissait sa peau qu'elle trouvait trop noire, se défrisait les cheveux qu'elle trouvait trop crépus, complexait sur son nez qu'elle jugeait trop gros. Sous couvert de standards de beauté, cette femme pourtant très fière cachait un complexe d'infériorité dont elle se rendait même pas compte : trop noire, trop crépus, trop gros par rapport à qui ? À quoi ? Wesh, c'est nous, le produit original. T'as déjà vu un tronc d'arbre être jaloux de ses branches ?

Le pire dans l'histoire, c'est qu'elle a essayé de me refiler son trauma en me faisant culpabiliser sur ce qui fait de moi ce que je suis. Mais moi, je suis fier de mon nez, de mes lèvres bien charnues, de mes cheveux crépus. Et contrairement à elle, je discrimine pas, le tarif est le même pour tout le monde, que tu sois blanc, beur, noir, si tu parles mal, t'es pas à l'abri de te prendre un œil au beurre noir !

Ange tentait de prendre la défense d'Aklouf en lui expliquant qu'il y a de bons arabes ; Adem en était la preuve. Cela ne fit que rajouter à la confusion, parce que Maman ne savait pas jusque-là que celui qu'elle appelait Adam était arabe. Pendant que l'on débattait sur le statut d'Adem, le bougre (qui se doutait bien qu'on parlait de lui) demanda à Makeda ce qui se passait.

— Ils sont en train de décider si t'es arabe ou noir, lâcha-t-elle sans même essayer d'arrondir les angles.

— Quand les renois apprennent que je suis arabe, ils nient mon arabité. Quand les rebeus apprennent que je suis l'un des leurs, ils nient ma négritude. Et quand je fais remarquer à mes collègues de taf blancs que leurs blagues sont racistes, ils ont le culot de se plaindre qu'ils ne peuvent plus rien dire, déplora Adem.

— Aw, pauvre chou, répondit Makeda sans une once d'empathie.

On avait réussi à avoir la daronne à l'usure : Adem était officiellement noir et Mr Aklouf, qui était toujours arabe lui, m'enseignerait en bas, là où elle pouvait garder un œil sur lui.

Quelques jours après, je me retrouvais dans la salle à manger avec Aklouf qui m'expliquait une notion obscure d'économie quand Makeda nous rejoignit. Elle faisait les cent pas, se dandinant, s'assurant qu'Aklouf la reluque de temps à autre. Pff, les mecs sont tellement prévisibles, c'en est pathétique.

Après avoir fait son cinéma, Makeda s'excusa d'interrompre le cours pour me demander mon portable : elle avait égaré le sien et voulait le faire sonner. Je feignis de ne pas avoir mon portable sur moi, tout naturellement Aklouf proposa le sien. Makeda s'en saisit et se fendit d'un « j'arrive tout de suite » avant de s'éclipser dans ma chambre où l'attendait MDT qui brancha le téléphone à une machine reliée à son ordinateur.

Une fois la puce clonée et le phone hacké, on aurait accès à tous ses textos, appels et même à sa caméra. Avant de retourner le téléphone à Aklouf, Makeda avait pris soin d'y enregistrer « son » contact. Dès ce soir, j'allais commencer à échanger des textos chauds avec Aklouf en me faisant passer pour Makeda. L'opération flirt/chantage, était officiellement enclenchée : on avait ferré notre Judas.

La consultation

On était à la fin août et jusque-là, le plan se déroulait sans accroc. MDT allait bientôt reprendre les cours et Adem les chantiers. Ange n'entamait sa deuxième année d'école de CO qu'à partir de début octobre, c'était à peu près la même pour Makeda avec la fac de droit. Sauf qu'elle devait tout de même gérer les rentrées scolaires de son frère et de sa sœur. Bref, l'objectif était de tout bien verrouiller avant septembre, d'où ma petite visite chez le médecin.

Dès mon entrée dans le cabinet médical, une vieille dame se mit à me palper le corps de haut en bas. Je me laissais faire sans protester. C'était Mme Ilunga, la secrétaire et épouse du docteur Ilunga, mon médecin de famille. Mme Ilunga, c'était une daronne à l'ancienne. Très pragmatique. Quand elle a découvert que son mari la trompait avec sa secrétaire, elle ne l'a pas blâmé ni parlé divorce comme l'aurait fait ma mère. Elle a juste passé une formation pour devenir secrétaire. Et apparemment, elle s'était autopromue agent de sécu aussi !

Satisfaite de sa fouille, elle s'excusa en m'expliquant que des patients faisaient passer clandestinement des pâtisseries à son mari alors qu'il était diabétique. Je lui assurai qu'elle pouvait me toucher autant qu'elle le voulait. Elle me retourna un sourire qui me fit froid dans le dos.

Vieux Ilunga, c'est un petit à mon père, c'est mon daron qui lui a conseillé de finir ses études de médecine en France pour pouvoir obtenir l'équivalence que lui n'a jamais obtenue. Ilunga a vécu un temps chez nous, avant de s'installer. Il m'a vu grandir. Je l'apprécie parce qu'il m'a toujours parlé comme à un adulte bien avant que je le devienne. Son plus gros défaut, c'est qu'il a toujours eu la langue trop pendue ! Ilunga, c'est ce qu'on appelle un songi-songi, le genre de boug qui aime trop les gossips, les kongossa, parler dans le dos des gens.

Ses patients lui restent fidèles parce que c'est un excellent docteur et aussi parce qu'il est arrangeant, mais y a pas de secret médical qui tienne avec lui. Il a fait le serment d'hypocrite en plus de celui d'Hippocrate. C'est par ce mec que j'ai appris que certaines daronnes du quartier ont dû passer sur le bureau du maire pour obtenir un logement HLM. Ou encore que certains pères la morale du quartier avaient des infections qu'on pouvait attraper que par pénétration anale ou que la meilleure manière d'obtenir un arrêt maladie, c'est de prétexter une forte douleur au dos.

À peine je m'installais qu'Ilunga me gratifiait d'un regard désapprobateur. La tension artérielle de ma mère avait augmenté ces dernières années et il m'en tenait responsable. Pour le faire taire, j'enlevai ma casquette et en sortis le flan qui y était dissimulé.

— Ah, petit, na ngai, me lâcha-t-il, tout heureux, en lingala.

Le docteur rangea le mets dans un tiroir qu'il ferma à clé. Tout homme a un prix et je venais de corrompre Ilunga avec un simple dessert. Satisfait, il me demanda la cause de tous mes maux. Je lui expliquai que j'avais la chaude-pisse.

— La chaude-pisse ?! Tiens, tiens ! c'est une première pour moi, savoura le docteur.

Je sortis du cabinet, ordonnance en main, mais mon petit doigt me disait que tout était un peu trop facile.

Herr Gomis

Makeda déboula dans la chambre de MDT à bout de souffle. D'un mouvement de tête, elle lui ordonna de lui céder la place sur son siège aérodynamique, ce qu'il fit avec réticence.

— Alors, c'est quoi, l'urgence ?

MDT, qui ne sait pas faire court, se lança dans un préambule hyper long, mais Makeda le coupa sec.

— Droit au but comme l'OM, steuplait.

MDT réfléchissait tellement à trouver les bons mots pour synthétiser la situation, qu'il n'ouvrait pas la bouche. Fatiguée d'attendre, Makeda l'autorisa à parler comme il le ferait en temps normal. Soulagé, MDT ouvrit les vannes. En gros : la première réunion de professeurs concernant l'organisation du bac de septembre avait eu lieu. Grâce au portable d'Aklouf, MDT avait pu en récolter l'audio. En l'écoutant, il avait eu une sacrée surprise ! MDT choisit ce moment pour poser un casque sur les oreilles de Makeda, qui ferma les yeux pour se concentrer.

Elle les rouvrit, désarçonnée, puis relança aussitôt l'extrait afin de s'assurer que ses oreilles ne lui avaient pas fait défaut. Finalement, elle enleva le casque et observa un moment de silence. MDT, qui a du mal avec le silence, tenta d'ouvrir la bouche, mais Makeda lui intima de fermer sa gueule tout en se levant. Ce sont ses mots… Exacts…

Tels qu'ils me seraient rapportés par MDT lui-même. Elle se rassit calmement comme si de rien n'était, avant de hurler :

— FUCK !

Quand je rentrai chez moi, après mon passage chez le médecin, ma chambre avait déjà été investie par tous mes partenaires et je pris la réunion en cours. La photo d'un soixantenaire moustachu était collée au Velleda ; c'était celle d'un certain M. Van Hacker, un professeur d'histoire-géo agrégé, bientôt à la retraite et aussi membre du comité d'organisation du bac de septembre. Il était notre clé pour mettre la main sur le sujet d'exam d'histoire.

— Adem, je veux tout savoir sur ce gars, sur sa femme, ses petits-enfants et même la péripatéticienne qu'il fréquente, ordonna Makeda.

Péripatéticienne ?! D'où elle pouvait tirer ça ? Je m'approchai du Velleda pour examiner Van Hacker de plus près. Effectivement, il avait la tête d'un gars qui allait aux putes. Je donnai une tape dans le dos à Adem pour le féliciter de sa première mission. De tous ceux dans la pièce, j'étais le mieux placé pour savoir combien ça pouvait être frustrant de cirer le banc quand le reste de l'équipe s'amusait sur le terrain. Il avait beau faire semblant de s'en foutre, son grand sourire le trahissait.

Après qu'on a un peu revu tous les dossiers en cours, Makeda exigea le silence, s'approcha de l'ordi et démarra un audio sur Winamp. À l'écoute de cette voix familière, le sol se déroba sous mes pieds. Il me fallut un petit moment pour remonter à la surface, rassembler mes pensées, faire une phrase à peu près cohérente.

— D'où tu tires ça ? je demandai en bégayant.

— De la réunion de préparation pour les épreuves du bac de septembre, répondit MDT.

— M. Gomis est en charge de l'orga, conclut Makeda.

— Jésus Marie Joseph, lança Ange du plus profond de ses entrailles.

Adem, qui ne comprenait rien à ce qui se passait, nous observait, un peu perdu. Pas de réaction dramatique en ce qui me concerne, je repris juste ma chaise et m'y assis lentement, comme un octogénaire avec une bad arthrite au dos, avant de chuchoter « Fuck ». J'avais besoin d'air.

Cinq minutes plus tard, on était tous les cinq assis sur un banc du square, silencieux. Tous trop serrés pour pouvoir bouger. Tous trop sonnés par la nouvelle pour pouvoir parler. Sauf Adem, qui venait de poser la question taboue.

— C'est qui, ce Gomis ?

— M. Gomis, corrigea Ange.

Sentant que personne n'était chaud pour se lancer dans des explications, Ange, dans sa grande bonté d'âme, prit sur lui la responsabilité d'éclairer Adem sur la question.

— Tu connais les frères Dalton ?

Je ne savais pas où il voulait en venir exactement, mais Ange avait toute l'attention d'Adem…

— Bah, lui, dans sa fratrie de cinq frères, c'était Joe…, enchaîna Ange. Aucun rapport avec la taille, hein, parce qu'ils étaient tous grands, secs et rebelles comme les gens de la Casamance. Mais c'était lui, le cerveau. Au début, personne à part ses frères ne le prenait au sérieux, mais à seulement 14 piges, il avait fait marcher à poil le caïd qui terrorisait le quartier en le menaçant avec un Gomm Cogne calibre 12.

À partir de ce moment-là, le petit Gomis avait exigé qu'on l'appelle « M. Gomis ». On l'appelait monsieur en face et Herr Gomis dans son dos. Mais quand, à ses 16 ans, la rumeur s'est répandue qu'il avait brûlé au chalumeau les pieds d'un gars d'une cité rivale, tout le monde s'est mis à l'appeler monsieur pour de vrai, même les darons !

— Mais comment un gars comme ça est devenu prof ? s'alarma Adem.

— À cause d'une perquise.

J'avais à peine terminé ma phrase que tous les regards se posèrent sur moi. Ces regards exigeaient des comptes ; j'en avais déjà trop dit… Ou pas assez.

Il y a quelques années, les flics ont défoncé la porte des Gomis au bélier à 6 du mat. Les Gomis avaient l'habitude des visites matinales, ça faisait partie des aléas de la vie de bandits. D'habitude, les keufs toquaient gentiment. Mais la dernière perquise en date s'était tellement mal passée pour eux que, cette fois-ci, c'étaient des gars du GIPN ou du Raid qui avaient débarqué !

Les keufs étaient venus pour M. Gomis, mais celui-ci n'était pas là au moment des faits. La daronne avait été tellement flippée par l'irruption dans sa chambre d'une équipe de gars cagoulés qu'elle a fait un AVC sur-le-champ. Les policiers ont d'abord cru à un canular, c'est seulement quand ils ont vu la mousse blanche dégouliner de ses lèvres qu'ils se sont dit que c'était du sérieux. Dieu merci, elle s'en est sortie, mais elle a perdu un peu de mobilité au niveau du bras gauche. Ma mère s'était occupée d'elle pendant son séjour à l'hosto.

Voir sa mère alitée dans un lit d'hôpital à cause de lui l'avait tellement marqué qu'il a arrêté les conneries du jour au lendemain. Il a d'abord bossé comme médiateur de rue. Et quelques années après ça, il est devenu surveillant. Et il semblerait qu'il travaille au lycée maintenant…

On était toujours tous les cinq assis sur un banc du square, silencieux. Toujours trop serrés pour bouger. Toujours trop sonnés par l'histoire que je venais de raconter pour parler. Ange s'aventura à briser le silence.

— Il a beau en avoir fini avec la vie de bandit, sa nature ne change pas, c'est un fils de p*** de la pire espèce : quand il t'a dans le collimateur, il te lâche pas.

On était tous un peu dérangés par la vulgarité d'Ange, mais le gars avait le mérite d'avoir posé les termes : M. Gomis était en effet un fils de... On pouvait tous s'accorder sur ce point-là... Du moins, c'est ce que je pensais.

— Il a aussi fait des trucs bien, rétorqua Makeda.

Les mots lui avaient échappé, et elle les regrettait déjà.

— Ah ouais, quoi exactement ? lui retourna MDT avec une pointe de seum quasi imperceptible pour ceux qui ne le connaissaient pas.

Je savais d'où venait sa colère : M. Gomis l'avait martyrisé, car il avait le malheur d'être le seul babtou du quartier. C'était parti tellement loin qu'à un moment la daronne avait dû intervenir. À part Adem et Makeda, on avait tous ici une histoire de trauma lié à M. Gomis – en tant que victime directe ou en tant que spectateur. Du coup, j'étais grave curieux de savoir à quoi Makeda faisait référence.

— Des trucs, répondit-elle en regardant le sol.

Je voulais creuser, mais Adem me grilla la politesse et nous relança tous avec la question à un million d'euros, celle que j'aurais souhaité éviter.

— En quoi M. Gomis est un problème pour notre plan ? Je suis désolé, mais je comprends pas le rapport avec nous ?

Ne sachant où me mettre, ma seule réponse à sa question fut de me gratter le scalp. Ange, toujours lui, se fit un plaisir de poser des mots sur le malaise ambiant qui nous prenait en otages.

— On a eu M. Gomis comme surveillant au lycée, un lycée chaud à la base, mais comme sa légende le précédait, même les caille-ra les plus oufs n'osaient pas faire de dingueries… Dans l'établissement du moins… À part Curtis !

L'hypocrite avait le culot de parler de moi comme si j'étais pas là. Comme s'il n'était pas complice des conneries dans lesquelles je m'étais lancé à l'époque.

— Quand M. Gomis s'est rendu compte que Curtis commençait à partir en sucette en rentrant dans des bizness chelous ; il l'a marqué à la culotte sévère ; on était des petits de son quartier et si on se comportait mal, c'était un affront direct à son autorité… Mais Curtis, lui, il en avait rien à faire.

Le bouffon continuait à parler comme si j'étais pas là !

— Du coup, M. Gomis a menacé Curtis d'aller voir Tantine Christelle.

— Grave erreur, renchérit MDT dans la barbe qu'il n'avait pas… encore.

— Grave erreur, confirma Ange. J'ai vu Curtis faire des dingueries, le gars n'a peur de rien, ni de personne ; à part de sa daronne. Et je comprends pourquoi : la femme a pas l'air comme ça, mais elle est farouche. Si elle avait appris ne serait-ce que le quart de ce que son fils faisait à l'époque, elle l'aurait certainement tué, aurait prié, jeûné, supplié le Seigneur pour le faire revenir à la vie, et l'aurait foutu dans un avion pour le bled avec confiscation de passeport en prime !

— Au lieu de faire machine arrière, de s'excuser, de s'écraser, « M. Curtis », fier comme un coq, eut la superbe idée de dire à tout le monde que M. Gomis était gay, reprit Makeda.

— Tu l'as « OUTÉ » ! s'exclama Adem.

Je pouvais sentir tout le dédain qu'il avait pour moi dans la manière dont il avait réagi, comme une accusation. Et je le comprenais. Je lui offris tout de même ma pauvre excuse, pas pour me dédouaner, mais parce que c'était la vérité.

— Je savais pas que M. Gomis était gay quand j'ai lancé la rumeur.

Comment j'aurais pu le savoir ? J'ai jamais vu le gars avec une meuf de ma vie, mais en même temps c'était la norme. Quatre-vingt-dix-huit pour cent des gars de cité traînent entre couilles, donc ça voulait rien dire. J'irais même plus loin, marcher avec une meuf dans un quartier, c'est plutôt mal vu. Mais quand j'ai voulu lui mettre un truc dans les pattes, je me suis souvenu d'une remarque qu'avait faite ma daronne après l'avoir vu rendre visite à sa mère à l'hôpital : ce gars-là ne semble pas intéressé par les femmes. Apparemment, une bonne partie des infirmières du service lui avaient fait des appels de phares, mais il n'était pas plus réceptif que ça.

La rumeur s'est répandue comme une traînée de poudre. C'était du pain bénit pour tous ceux qui n'aimaient pas M. Gomis et on peut dire que, sur ce point-là, y avait du monde au portillon : de nombreux élèves, dont Ange, ont fait passer le mot à leurs parents qui se sont plaints à la direction.

Plusieurs membres de l'équipe éducative, qui ne pouvaient pas blairer Gomis, non seulement n'ont pas pris sa défense, mais ont conseillé son limogeage. Il en fallait plus à M. Gomis pour lui faire perdre le cap. Gay ou pas, personne n'était assez fou pour se moquer de lui ouvertement ou pour le confronter… à part sa mère.

Quand la nouvelle est enfin arrivée à ses oreilles, elle a proposé à son fils de lui trouver une femme. C'est là que M. Gomis a mis ses couilles sur la table et lui a tout avoué : il aimait les hommes. À ce moment-là, celle qui était partie le récupérer tant de fois au comico, celle qui avait fait un AVC à cause de ses conneries, celle pour qui il s'était racheté une conduite, a décidé de le renier.

Après ça, M. Gomis a disparu des radars. La rumeur circulait qu'il avait fini en HP, d'autres pensaient qu'il avait tout simplement changé d'académie, d'autres encore disaient qu'il s'était suicidé. Je rejetais cette dernière option, c'était pas le style de M. Gomis. Du moins, c'est ce que je me disais pour me rassurer. Plus personne ne l'avait vu ou n'avait entendu parler de lui, jusqu'à cet enregistrement. Écouter le son de sa voix m'avait libéré d'un poids. Même si j'aurais préféré que ce soit dans d'autres circonstances.

Une chose était sûre, fallait qu'on revoie le plan de A à Z parce que dès que M. Gomis se rendrait compte que je passais ce foutu bac, je serais cuit.

Sonia-Delaunay

Posé sur le canapé, je profitais de l'absence de la daronne pour jouer à la console, histoire de décompresser. Il restait une semaine avant l'exam et on était bien. J'avais congédié Aklouf au bout de quelques leçons pour me concentrer sur les maths. Tout se passait comme sur des roulettes même si on avait toujours pas la confirmation du lieu où l'exam allait se dérouler. Fallait que j'appelle l'académie ce jour-là à ce sujet, mais pour dire vrai, je m'inquiétais pas à ce niveau, Ange avait fait le taf.

Pour le reste, tout était plus ou moins quadrillé aussi… Pourtant l'ombre de M. Gomis planait, me faisait douter. J'étais trop perturbé pour jouer. Je me pris une raclée tellement mémorable que j'hésitai à jeter la manette contre le mur. C'est quand je me résolus enfin à la poser délicatement sur la table basse que je vis le courrier, adressé à mon nom, déjà ouvert sur le deuxième plateau de la table. En prison, les gardes lisaient mon courrier, c'était la procédure ; ici, c'était la daronne.

Rien qu'au timbre de ma voix, à l'autre bout du fil, Makeda se rendit compte qu'il y avait un problème et arrêta son aspirateur direct. Je lui expliquai que les épreuves du bac auraient lieu à Sonia-Delaunay. Le nom ne lui disait rien.

— C'est le nom de l'établissement que t'avais écarté à cause des incendies.

Je sais pas si je me suis mal exprimé ou si elle était juste mal lunée. C'était sûrement un mélange des deux. Dans tous les cas, Makeda en conclut que je cherchais à la blâmer d'avoir négligé Sonia-Delaunay... Ce qui n'était pas le cas, je voulais juste qu'elle parle à Ange, pour qu'il fasse une visite express au lycée afin qu'on ait une idée de comment était agencé l'établissement. Il me restait plus qu'à lui parler directement.

Armé de son seau, Ange arriva devant le bahut, s'incrustant dans un chantier qui ne lui était pas attribué. Une fois à l'intérieur, une chose lui sauta directement aux yeux : les toilettes n'avaient pas de portes. Au-delà du fait que c'était pas très halal d'avoir des toilettes qui ne se ferment pas, une grosse partie du plan tournait autour des toilettes. S'il y avait pas de portes, cela rendait les choses un tantinet compliqué. Toutes les antisèches, les transactions d'infos allaient transiter via les WC.

Dieu merci, Ange n'eut pas à aller trop loin pour trouver les portes, elles étaient entreposées dans le couloir. Ange se précipita dessus pour les replacer, mais sa responsable, une tantine âgée, qui portait le poids des années sur ses épaules et celui de plusieurs grossesses sur les hanches, lui ordonna d'arrêter. Ils étaient payés pour nettoyer les toilettes et ils allaient se contenter de nettoyer les toilettes. Ange protesta en tentant de jouer sur les sentiments – s'il avait une sœur, il n'aimerait pas que... La daronne ne voulait rien savoir.

Et voilà comment un truc qui aurait dû prendre deux minutes s'est transformé en mission casse-cou.

Quatre-vingt-dix pour cent de préparation, dix pour cent d'action, voilà comment Makeda fonctionne. Elle est ce qui se fait de mieux quand il s'agit de planifier, mais quand il s'agit d'improviser, c'est un peu plus compliqué. J'invitai Mak à la maison pour lui expliquer mon intention de régler cette histoire seul. Après tout, il fallait juste s'introduire dans l'établissement, replacer les portes et se barrer. Mais elle voulait pas que je me mouille, surtout pas quelques jours avant les exams. J'insistai, puis là, sans prévenir, elle se mit à fondre en larmes. Entre la rentrée scolaire d'Emery, les crises d'adolescence d'Assa et mon bac, son cerveau était en PLS. La fameuse charge mentale.

Comme je savais pas trop quoi lui dire, je me contentai de la prendre dans mes bras. Elle était comme paralysée. Incapable de parler. Et c'était pas plus mal. Du calme. Elle avait besoin d'un peu de calme. Je la sentais se relâcher et accepter mon étreinte. Elle m'enlaça à son tour. C'était nouveau. C'était confortable. J'avais autant besoin de cette chaleur qu'elle. J'étais tellement dans le moment que je n'ai pas senti la présence de ma mère qui nous observait dans l'entrebâillement de la porte, mais j'ai vu son ombre se dissiper.

La daronne intercepta Makeda qui s'apprêtait à partir et lui proposa un thé. L'ange sur mon épaule droite me disait : RAS, rien à signaler. Mais le démon posé sur mon épaule gauche me suggérait que ce serait pas une mauvaise idée d'espionner la conversation. Je penchais pour la gauche.

— Comment ça va ? demanda la daronne sur un ton maternel auquel je n'avais pas eu droit depuis longtemps.

— Un peu fatiguée, Tantine, je dois aller coucher Emery, répondit Makeda pour abréger les mondanités.

Maman comprit le message et joua cartes sur table.

— Makeda… Y a pas d'avenir possible avec mon fils, c'est un… bon à rien.

C'est fou à quel point les mots font plus mal que les coups parfois. Surtout quand ils sont proférés par quelqu'un qui est censé vous aimer.

— Je ne vois pas de quoi tu parles, Tantine.

Makeda s'adressait à Maman avec respect, mais laissait transparaître dans son ton qu'elle n'acceptait pas qu'on parle de moi de la sorte, même si ça venait de ma propre mère.

— Je vous ai vus, toi et mon fils, vous…

Elle nous avait vus nous enlacer, et alors ?!

J'ai vu mes parents s'embrouiller pas mal de fois, mais je les ai jamais vus se toucher, s'embrasser, échanger des mots doux. Pourtant, je ne pense pas être le fruit d'une intervention divine. Le toucher en public, chez nous, c'est tabou, on sait. Mais là, c'était abuser, ça frôlait la pathologie.

— Je vous ai vus vous embrasser.

La daronne avait posé les termes. Dinguerie ! Makeda et moi échanger nos fluides, rien que d'y penser, j'en avais la chair de poule !

— On s'est pas embrassés ! rétorqua Makeda, dégoûtée. C'était juste un hug.

— Un hug ? questionna la daronne.

Makeda expliqua en prenant brièvement ma mère dans ses bras. La daronne semblait rassurée, mais elle n'en démordait pas pour autant et conseilla à Makeda de ne pas perdre son temps avec moi.

Wow, j'avais l'impression qu'elle parlait de son unique fils comme si j'étais un putain de virus, un pestiféré, une pomme pourrie. Dieu merci, ma go sûre ne partageait pas son opinion et le fit savoir.

— Quand Curtis a appris la nouvelle que ma Maman était… partie… pour toujours, reprit Makeda, il m'a rendu visite, il a essayé de me joindre tous les jours, mais je voulais rester seule dans mon coin, dans ma douleur. Tous les matins et tous les soirs, il m'envoyait un texto, une question, une blague pour me remonter le moral. C'était sa manière de me dire qu'il était là, qu'il pensait à moi, qu'on était ensemble. Venant d'un égoïste comme lui, ça m'a…

Makeda se mit à conjurer les larmes qu'elle ne voulait pas voir couler avant de reprendre :

— Tantine, dans la vie, y a deux types de familles : celle qu'on subit et celle qu'on choisit. Curtis, je l'ai choisi. Je comprends tout à fait que vous ayez lâché l'affaire avec lui. Mais moi, je le lâcherai pas.

Après m'avoir fait sa déclaration d'amour par personne interposée, Makeda a quitté la cuisine comme la boss qu'elle était. Nos yeux se sont brièvement croisés dans le couloir. Assis sur la marche de l'escalier, les épaules affaissées, je devais avoir l'air vraiment dévasté parce que ses yeux emplis de compassion m'exhortaient à rester fort, fier, mais aussi compréhensif… envers la daronne : elle aussi avait souffert. C'est fou, tout ce qui peut se communiquer dans un simple échange de regards. Il en fallait pas plus pour me gonfler à bloc, j'étais un Batubingila, ma mère avait beau me huer aujourd'hui, je ferai en sorte qu'elle m'acclame demain !

Noir c'est noir

Sur recommandation d'Ange, il avait été décidé d'aller à Sonia-Delaunay la veille de l'exam pour replacer les portes des toilettes. Le chantier nettoyage avait pris plus de temps que prévu et ne s'était achevé que tard dans la journée.

Phares allumés, Ange, assis au volant de son van, conduisait Adem et Makeda à destination du lycée. L'itinéraire lui était devenu tellement familier que même la nuit, aussi noire soit-elle, n'avait pas les atouts pour lui faire perdre son chemin. Ses yeux se tournaient constamment vers Adem ou Makeda. Il attendait désespérément qu'ils le complimentent sur les lentilles qu'il portait à la place de ses lunettes, mais ils étaient trop occupés avec le cas Van Hacker pour dorloter son ego. Il gardait donc les yeux concentrés sur la route et les oreilles sur la conversation pendant que Makeda et Adem brainstormaient les stratégies pour piéger le prof d'histoire.

Makeda suggérait le chantage. Adem, le consentement : il avait le pressentiment qu'il fallait plutôt créer une situation où le professeur nous donnerait les infos de bon cœur.

— Comme dans le film *Inception*, fit remarquer Makeda, séduite par l'idée. Pour que ça marche, il faudrait une bonne ancre émotionnelle, relançait-elle, acceptant le défi qui lui était lancé.

Durant son enquête, Adem avait découvert que Van Hacker avait une passion pour les cartes de football Panini dont il était un avide collectionneur. Ça tombait bien, le don Juan avait lui-même hérité de la collection de cartes de son père. Il avait été question, un moment, de les vendre pour en tirer un bon pactole, mais Adem s'y était farouchement opposé : c'est tout ce qui lui restait de son daron. Depuis, les cartes prenaient la poussière dans un tiroir, c'était peut-être le moment de les utiliser.

Il était exactement 1 h 34 quand je reçus l'appel d'Ange. Il m'appelait de son propre téléphone, ce qui représentait une flagrante brèche de sécurité. Je décrochai, paniqué, pensant que le plan avait capoté. Mais l'opération se passait sans accroc selon le fils du pasteur. Je voulais repartir me coucher, mais je sentais qu'Ange avait besoin de compagnie. Vu les gros risques qu'il prenait pour moi, la moindre des choses était de faire la conversation.

Ange me racontait qu'Adem s'était quasiment « battu » avec lui pour avoir le privilège d'accompagner Makeda pour replacer les portes des toilettes ! Je lui confirmai ce qu'il soupçonnait déjà : Adem avait le béguin pour Makeda. C'était l'unique raison pour laquelle il avait décidé de se joindre à cette mission.

— À ton avis, il a une chance ? me demanda Ange, peu convaincu.

— S'il accepte de se faire fouetter, pourquoi pas ? je répondis par un fou rire auquel il se joignit.

Vous savez pourquoi les alcooliques repentis continuent à se présenter en tant qu'alcooliques, même s'ils ont pas bu d'alcool depuis vingt ans ? C'est parce qu'ils savent qu'il suffit d'un verre, un seul verre, pour redescendre aussi bas qu'à leur heure la plus sombre. Moi qui pensais m'être sevré de mon amitié avec ce connard, je me retrouvais à lui parler comme au bon vieux temps. Comme si la prison ne s'était jamais mise en travers de notre amitié.

Makeda a beau être ma sœur, ma go sûre, ma part non-négociable, ça reste une meuf. On est câblés différemment alors que Ange, j'ai même pas besoin de le regarder pour savoir ce qu'il pense et vice versa. Et même si je supporte pas certaines de ses positions, je peux pas lui en vouloir d'en avoir, ça donne des débats intéressants. Et au final, qui suis-je pour juger ses stratégies de survie !

Moi, je suis dur au premier abord, mais dès que t'arrives à passer ma carapace, t'es dans le cercle, je suis à ta merci et toi à la mienne. Lui, il est pote avec tout le monde, mais on sait jamais vraiment si on est son ami. Moi, je suis le rappeur, lui, c'est le chanteur de R'n'B. Moi, je suis plus Malcolm X, et lui plus Martin Luther King. Et vous méprenez pas sur MLK, c'est pas le Bambi qu'on essaie de nous dépeindre aujourd'hui. Vous savez quel courage il faut avoir pour prendre des coups et ne pas les rendre ! Martin était une vraie caille-ra !

Au cours de la conversation, Ange m'envoya une photo de sa meuf : une jolie blonde compacte. Certains voient les blondes comme un signe extérieur de richesse au même titre qu'une belle voiture et une belle maison. Le premier truc que les bledards font quand ils arrivent en Europe, c'est de serrer une blonde pour se dire qu'ils sont « arrivés ». Le premier truc que font les footeux quand ils ont atteint le sommet, c'est de marier une blonde pour se faire valider. Par qui, je ne sais pas exactement. *Personnellement, j'attends pas qu'on me valide, c'est moi qui valide les gens**.

Quand je serai riche, je veux être au bras d'une belle renoi. Plus elle sera foncée, plus je serai refait. J' kiffe les Blanches. Je suis programmé depuis mon plus jeune âge pour les kiffer ! De *Friends* à *How I met your mother*, de *Charmed* aux *Kardashian*, le lavage de cerveau a été tellement efficace que, pendant les 19 premières années de ma vie, je n'avais d'yeux que pour elles.

Pourtant les filles noires étaient là, juste à côté de moi : je les côtoyais au quartier, à l'école, à l'église, mais je ne les voyais pas. Je n'en avais que pour les babtous. Mais dans un coin de mon cerveau, je savais que fonder une famille avec une Blanche me serait pas possible !

Ange défendait son steak, becs et ongles, m'expliquait que sa copine était gentille, ouverte et tolérante. Je lui rétorquais que le chemin de l'enfer était pavé de bonnes intentions avant d'argumenter que je ne voulais pas d'une femme qui risque de faire l'amalgame entre sa réalité et celle que vont vivre nos gosses. Le monde va leur être hostile, c'est un fait. L'important, c'est qu'ils soient préparés à se protéger et à riposter. Comment quelqu'un qui n'est pas familier avec le déferlement de violence gratuite, que l'on subit au quotidien, serait-il capable de les éduquer ? Perso, il me fallait une épouse qui aurait le courage de regarder ma progéniture dans les yeux et qui lui expliquerait que *si la merde avait une valeur ici, les négros naîtraient sans trou du cul**.

Je sentais Ange saoulé par mes dires, il m'accusait de voir le mal partout. J'exagérais peut-être, sûrement même, mais la parano, ça maintient en vie. Si jamais demain y avait une rafle comme dans les années 30, Ange ferait partie des premiers à se faire choper. Le pauvre s'était cru tellement spécial qu'il en avait oublié la base : c'est pas parce que t'es « invité » que t'es forcément le bienvenu !

Soudain, c'était le silence à l'autre bout de la ligne. Ange m'expliqua, au bout d'un suspens de quelques secondes, qu'une voiture de police venait de passer. Il profita de ce qui venait de lui arriver comme contre-argument dans notre conversation.

— Comment t'expliques que les keufs ne se soient pas arrêtés pour contrôler un Noir au volant d'un van aux vitres teintées garé au milieu d'une rue déserte ?

— Facile, je répondis, les lunettes !

Ange me sortit triomphalement qu'il ne les portait pas. Le gars m'avait mis échec et mat… Jusqu'à ce que la voiture des flics réapparaisse dans son rétro. Sentant la patate venir, je voulais prévenir Makeda, mais Ange était contre. Monsieur pensait gérer comme à son habitude. Quand j'ai entendu comment les keufs l'ont approché, j'ai vite compris qu'il était dans la merde.

Makeda me raconterait avoir trouvé Ange menotté face contre le bitume, seulement quelques minutes après mon appel, un flic le maintenait dans cette position, en posant un genou sur son dos.

— Vous faites quoi, là ? s'écria Makeda.

— Circulez, madame, lui dit un flic qui émergeait du véhicule de police, les papiers d'Ange en main.

Makeda l'ignora et demanda à Ange si ça allait.

— Vous êtes avec lui ? Vous savez d'où viennent les instruments qui sont dans le coffre ?

La chorale avait utilisé le van pour faire un concert dans une autre église. Ange n'avait pas eu le temps de décharger.

— De l'église de son père, elle répondit en tentant de contenir sa frustration.

— Qu'est-ce que je vous avais dit, confirma Ange, rageur.

Les deux policiers échangèrent un regard coupable.

— Qu'est-ce que vous faites dehors à cette heure-ci, madame ? l'interrogea le flic aux papiers.

Makeda répéta mot pour mot les instructions que je lui avais données.

— Ma sœur vient d'accoucher, je supplie mon ami de m'accompagner à l'hôpital parce que je ne suis pas véhiculée et je tombe sur vous en train de l'agresser !

Le mensonge sonnait tellement comme un cri du cœur que les policiers n'osèrent pas le remettre en cause.

— Mais il nous a rien dit, se défendit le keuf.

— Est-ce que vous lui avez laissé le temps de parler ?! s'énerva Makeda en lui arrachant la carte grise du van et le permis d'Ange des mains.

Le policier pris en faute se contenta de faire un signe de tête à son collègue qui enleva les menottes à Ange. Une fois Ange libéré, les képis se dirigèrent vers leur voiture sans prendre la peine de s'excuser ni de donner une quelconque explication. Makeda s'adressa une dernière fois à leurs dos penauds.

— Vous êtes vraiment nés avant la honte !

Les bleus rejoignirent leur véhicule et évacuèrent la scène du crime comme s'ils étaient pris en chasse.

Makeda s'approcha d'Ange qui était assis contre une des roues du van. Elle posa ses mains sur ses genoux pour qu'ils cessent de trembler. Elle ne dit rien, tout avait déjà été dit.

Ce jour-là, la vérité s'est présentée à Ange de manière implacable, indéniable. Ce jour-là, Ange s'est rendu compte qu'il faisait partie d'un club auquel il n'avait jamais demandé l'adhésion : le club des Noirs. Et cela le mit en colère.

L'EXAM

Le premier jour

Je me réveillai patraque au son de l'alarme dans une cellule froide, encore ! L'odeur de renfermé, le plafond cramoisi… Tout semblait tellement vrai. C'était ni un rêve ni un cauchemar, mon futur peut-être ? En un clignement d'yeux, j'étais de retour dans ma chambre. La prison devait terriblement me « manquer », cette garce ! Ça faisait deux mois que j'étais dehors. Pourtant, tous les matins, sans exception, ma première pensée était pour elle. On avait fait tout ce qu'il fallait pour arriver à ce premier jour d'épreuve du bac dans de bonnes conditions, mais je le sentais pas. Je m'efforçais quand même de sourire à mon reflet qui me le rendait bien. J'étais dehors et rien que ça, c'était un miracle en soi.

En m'approchant de la porte d'entrée, j'aperçus la daronne en train de prier dans le salon comme chaque matin. Ça tombait bien, je voulais pas la calculer : ce qu'elle avait dit à Makeda était encore trop frais dans ma tête. Je m'agenouillais pour enfiler mes baskets, et penser au marathon d'examens qui m'attendait cette semaine.

D'habitude, c'est l'épreuve de philo qui ouvre le bal. Mais je ne sais pour quelle raison, l'académie avait décidé de caser les maths en premier. C'était le scénario idéal pour me mettre en jambes. Alors pourquoi cette boule au ventre ? Était-ce de la… peur ?! À ce moment, je sentis une main chaude se poser sur le haut de mon crâne avec douceur et fermeté.

Ça faisait un bail que Maman ne m'avait pas touché. Jusqu'à ce qu'elle le fasse, je ne savais pas que ça m'avait manqué. Je plaçai ma main sur la sienne et je l'écoutai prier pour moi :

« Nzambe na bi ka mwa, toi qui es l'Alpha et l'Oméga, le commencement et la fin de toutes choses. Tu as dit à tes enfants demandez et vous aurez. El Shaddaï… Jehovah Jireh aujourd'hui, je ne demande pas, en tant que ta fille, j'exige Papa… J'exige que l'Esprit saint escorte mon fils au lycée… J'exige qu'un ange veille à ses côtés pendant l'examen. J'exige que tu lui ouvres les vannes de l'inspiration s'il est à court. En ton Nom saint j'ai ainsi prié. Amen ! »

Et là, comme par magie, tous mes doutes se sont envolés. J'étais tellement sur un nuage que je ne me souviens pas du long trajet qui m'a amené au lycée Sonia-Delaunay. Je rentrais dans la salle d'exam comme Mario Bros qui avait absorbé l'étoile, inarrêtable frère. La veille encore, j'étais pas trop sûr de comment j'allais vendre ma « condition » médicale à l'examinateur. Là, je lui montrais mon certificat médical sans sourciller. Le gars était catastrophé. Plus pour lui que pour moi. La chaude-pisse ! J'avais comme l'impression qu'il se voyait déjà nettoyer mon urine à la serpillière.

Le bac de septembre réunit toutes les personnes qui pour une raison ou une autre n'ont pas pu passer leur exam en juin. Sur le trajet qui me menait à mon bureau, je remarquai les estropiés en tout genre. Il y avait des béquilles posées contre les tables, des fauteuils roulants à la place des chaises. J'étais à peine installé qu'un stylo roula à mes pieds. Sa propriétaire tenta de se baisser pour le récupérer, mais le plâtre qui recouvrait son épaule et son bras gauches rendait les choses un tantinet compliquées. Quand je lui rendis son Bic, elle sourit à peine sans dire merci. Le regard du surveillant qui avait été témoin de toute la scène semblait aller dans mon sens : chelou, la meuf ! J'aurais pu le prendre mal, mais je refusais de laisser cette pimbêche tuer ma vibe : j'étais on fire.

Le sujet de maths arriva sur ma table, et je l'accueillis à bras ouverts. J'ai toujours été bon en maths. Disons plutôt que mon père s'était assuré que je le sois, quitte à me faire rentrer les formules dans la tête à base de ligogos. Une fois que j'ai intégré les bases, les coups ont été remplacés par des sourires complices. C'est à ce moment que j'ai su reconnaître les maths pour ce que c'était vraiment : du pur fun !

Je baissai la tête et quand je la relevai, trois heures s'étaient écoulées. J'avais pas seulement terminé l'épreuve, je l'avais TERMINÉE, j'avais dead le truc. Il restait une heure d'exam et tout le monde semblait avoir la tête dans le guidon. Surtout la meuf au plâtre, elle en était même pas à la moitié du test ! *Bien fait pour sa gueule*, c'est ce que je me disais. Au fur et à mesure que les minutes passaient, que sa détresse augmentait, je me disais qu'il fallait que je fasse quelque chose : tu peux pas te réjouir d'avoir le ventre plein quand ton voisin crève la dalle. Du moins, au quartier ça fonctionne comme ça. Si t'as le malheur de sortir avec un sandwich, attends-toi à le partager en quatre, minimum. C'est ce qui fait le charme du ghetto. Solidaire dans la galère.

Je griffonnai les réponses des deux derniers exos sur un brouillon et je tentai de capter l'attention de ma voisine pour lui filer…

— Hé, toi ! cria le surveillant.

J'avais le brouillon en main et l'examinateur avançait droit vers moi. Dans le jargon juridique, on appelle ça un flagrant délit ! J'étais paralysé par la peur, par ma propre connerie. Je m'en voulais de ouf, tous ces efforts gâchés pour rien, pour une meuf que je connaissais ni d'Adam ni d'Ève ! Le surveillant m'arracha le brouillon des mains et le posa sur le bureau de la meuf. Il devait sûrement penser qu'elle avait fait tomber sa copie comme pour le stylo au début de l'épreuve.

— Tu dois pas aller aux toilettes ? me demanda-t-il.

Je quittai la salle sans demander mon reste. C'était moins une !

Toc, pause, toc, toc, toc. Je tapais le code sur la porte arrière du van et, au bout de quelques secondes, le sésame s'ouvrit. Les instruments de musique avaient été évacués durant la nuit, ce qui rendait l'arrière du van aussi spacieux qu'une cellule de prison. L'équipe était au complet, MDT dont c'était normalement le jour de la rentrée avait prétexté une maladie, selon lui la première semaine de cours ne servait pas à grand-chose. Adem n'avait pas pris de chantier pour la semaine, Ange et Makeda étaient toujours en vacances.

— Alors, comment tu le sens ? me demanda Adem.

Je répondis du tac au tac :

— 20 sur 20 coefficient 5, c'est un bon début, nan ?

Ils se mirent tous à éclater de rire. Makeda, qui avait compris que je ne blaguais pas, m'expliqua que dans le système de notations tel qu'il était conçu, si jamais un prof mettait un 20, il devait le justifier avec un rapport. Comme y avait peu de chances qu'un prof ait envie de se donner encore plus de taf, il allait falloir se contenter d'un 19,5. Ma remarque déclencha une autre salve de rires interrompue par un TOC TOC TOC qui n'était clairement pas le bon code.

Tout le monde restait immobile. Ange, toujours traumatisé par l'accident de la veille, se recroquevillait dans un coin du van et me regardait, l'air accusateur.

— Tu t'es fait suivre !

— Vous pensez que c'est M. Gomis ? demanda MDT disant tout haut ce que l'on pensait tous tout bas.

— Je m'attendais pas à ce qu'il nous trouve si tôt, répliqua Makeda en tentant de cacher sa panique.

— Curtis, je sais que t'es là !

La voix était féminine. Sauf intervention chirurgicale, c'était pas celle de M. Gomis. La voix s'approchait dangereusement. Elle ne pouvait pas nous voir derrière la vitre teintée, mais je la voyais bien : c'était ma voisine pendant l'exam, la fille au plâtre !

Après m'être assuré que tout le monde était à l'abri, je baissai la fenêtre.

— Pas besoin de me remercier, je lui dis en commençant aussitôt à remonter la fenêtre.

Elle mit sa main pour en bloquer le mouvement.

— Tu te souviens pas de moi, rétorqua-t-elle.

Comment je pouvais l'avoir oubliée, je venais de passer quatre heures assis à côté d'elle, dont une à la voir tirer la tronche alors que j'avais pris des putains de risques pour l'aider.

— On était en 6e 1 ensemble au collège Léon-Blum. Je suis Linh Nguyen !

Le nom me disait quelque chose.

— Tu m'avais baptisée planche à pain, reprit-elle.

Ah ça y est, je me rappelais.

— Ça m'a collée pendant toute l'année et l'année suivante. J'ai pris option allemand en quatrième pour qu'on tombe pas dans la même classe… J'ai réussi à me séparer de toi. Pas du surnom.

Je hochai la tête machinalement, sans trop savoir que dire. Par contre, elle, elle savait.

— C'est pas parce que tu m'as aidée à l'exam que je vais te pardonner pour autant !

Juste après, elle est partie sans se retourner.

— Comment ça, tu l'as aidée ? demanda Makeda.

— J'avais les réponses, elle les avait pas, j'allais pas la laisser en chien quand même.

J'ai même pas eu le temps de terminer mon explication que quelqu'un me filait une tape derrière la tête. C'était Ange ! Je suis monté en pression direct. Il a cru que j'étais son petit, lui. J'ai dû convoquer toute la sagesse des ancêtres pour ne pas le monter en l'air.

— C'est à cause de cette mentalité de quartier que tu t'en sortiras pas, me sermonna Ange.

— C'est grâce à sa mentalité de quartier que t'as pas vu l'intérieur d'une cellule, balança Makeda.

La punchline de Mak provoqua un malaise dans le van. Ange était blessé dans son orgueil. MDT regardait son ordi, s'il avait pu plonger dedans, ça l'aurait arrangé. La coupable était étonnée par sa propre agressivité et honteuse d'avoir perdu son sang-froid. Adem avait l'air agréablement surpris par ce qu'il comprenait de la situation, et moi j'avais l'impression d'être remonté dans son estime. Je souriais de toutes mes dents avant de me prendre une autre tape, cette fois-ci de la part de Makeda.

— Planche à pain, t'es sérieux là ? me lança-t-elle, déçue.

La meuf avait l'audace de me blâmer pour une mauvaise blague que j'avais sortie 7 ans auparavant.

— J'ai un signal ! cria MDT.

Tous les yeux se rivèrent sur l'ordi. Sur l'écran apparaissait le sujet d'économie. On recevait l'image en temps réel via la caméra du téléphone de M. Aklouf, mon prof d'économie. La technologie, c'est vraiment un truc de fou.

— Qu'est-ce que vous lui avez fait pour qu'il accepte de jouer le jeu ? demanda Adem, éberlué.

Je lui expliquai avoir flirté avec Aklouf en me faisant passer pour Makeda pendant quelques semaines. Pour finalement le faire chanter en menaçant de rendre public les messages coquins qu'il m'avait envoyés. Je vis tout le capital sympathie que je venais d'accumuler auprès d'Adem fondre comme neige au soleil.

— M. Aklouf, que faites-vous avec votre portable ?

C'était la voix de M. Gomis. L'image se brouilla, puis plus rien. MDT tapotait sur son clavier pour s'assurer que tout était dans la boîte. Tout était dans la boîte, Dieu merci !

La bonne nouvelle de la journée était qu'on venait d'obtenir les questions de l'épreuve d'éco. Ce qui était un exploit, on parle d'une matière avec un coefficient 7. Mais la victoire était douce-amère : notre Judas était compromis, on allait plus rien obtenir par lui.

La déclaration de guerre !

Pendant la pause-déj, Ange et Makeda, qui avaient déjà obtenu le bac, m'ont aidé à répondre aux questions de l'exam qu'on venait de soutirer. En à peine une heure de pause-déj, même à trois, on avait pas eu le temps de tout traiter. J'avais pré-rempli une des copies officielles récupérées lors du braquage de l'imprimerie, avec des bullet points que j'aurais tout le loisir de développer pendant les quatre heures de l'exam.

Tous les voyants étaient au vert, pourtant j'arrivais pas à me débarrasser du mauvais pressentiment que je traînais depuis ma consultation chez le doc. J'avais l'impression qu'on avait marqué trop tôt et qu'on allait finir par se faire avoir comme en 2006 pendant la finale de la Coupe du Monde contre l'Italie. J'ai ressenti la même chose quelques jours avant de me faire arrêter. Ce sentiment qu'une épée de Damoclès planait au-dessus de ma tête et qu'il y avait rien que je puisse faire pour l'empêcher de tomber. Et si jamais ils changeaient de sujet entre-temps ?!

À mon plus grand soulagement, c'était le même. Je me suis mis en mode automatique et j'ai copié mes réponses aussi vite que possible pour que ce soit fait. C'était une autre épreuve de quatre heures, mais il m'en fallut deux et demie pour finir. J'ai pris tout mon temps pour vérifier les fautes d'orthographe et les tournures de phrases. Il restait moins d'une demi-heure quand le surveillant m'a réveillé. Tous les regards amusés, médusés, étaient posés sur moi. Et à juste titre, j'étais le gars qui s'était assoupi pendant une épreuve du bac.

Le sommeil m'a rendu plus peace et moins parano. Je me rendis aux toilettes sur ordre du surveillant. Décidément, le certificat du docteur Ilunga lui avait fait forte impression. Une fois le bac fini, j'achèterais un bon dessert au doc. Quitte à clamser, autant que ce soit avec un bon goût sucré dans la bouche. Je tirai la chasse d'eau, me lavai les mains et adressai un clin d'œil à mon reflet dans le miroir. Encore trois jours comme ça et j'étais assuré de plus voir l'intérieur d'une cellule. Je marchais dans le couloir pour rejoindre ma salle quand, soudain, j'entendis quelqu'un appeler mon nom.

— Monsieur Batubingila.

Cette voix, c'était celle de M. Gomis. Il était là dans mon dos. J'hésitais à le vérifier. Si je ne le voyais pas, peut-être qu'il n'existait pas. Mais il répéta mon nom. Un homme tel que M. Gomis ne pouvant pas être ignoré deux fois de suite, je me retournai. Il avait toujours ce bon teint cuivré uniforme jusqu'aux lèvres. Il était toujours grand, mais pas aussi imposant que dans les souvenirs que j'avais de lui. Ou peut-être que c'était simplement moi qui avais grandi. C'était à mon tour de dire son nom.

— Monsieur Gomis ?!

Je faisais le gars surpris de le voir, mais il était pas dupe. La bataille psychologique avait commencé !

— Je vois que t'es sorti de prison, dit-il en tranchant dans le vif.

— Et toi de dépression !

Ça, c'est ce que j'aurais voulu répondre… Si j'avais eu des couilles. Apparemment je le pensais si fort qu'il avait dû entendre le fond de ma pensée.

— Qu'est-ce que tu viens de dire ?

— Oui, je suis sorti y a deux mois… Qu'est-ce qui vous amène ici ?

— Je suis le responsable de la vie scolaire de l'établissement depuis cette année.

— Félicitations !

— C'est moi qui devrais te féliciter, répliqua M. Gomis. Si t'es ici, ça veut dire que tu passes ton bac ?

— C'est le premier jour d'épreuves, c'est un peu trop tôt pour des félicitations.

M. Gomis réduisit la distance qui nous séparait et avança sa main en direction de ma touffe. Toucher l'afro de quelqu'un sans que la personne ne t'ait invité à le faire est un affront. DO NOT TOUCH MY HAIR. Je dégageai sa main. Gomis ou pas, il pouvait pas me dé-respecter de la sorte. Il en sourit.

— Je confirme, c'est un peu trop tôt pour te féliciter, lâcha-t-il.

Sur ces mots, il se barra comme il était venu… L'abcès était crevé, la guerre était maintenant déclarée !

Ange, qui était venu me récupérer à la fin des épreuves, avança le van quand il me vit sortir de la cour de récréation. Alors qu'il ralentissait pour que je puisse monter, j'eus comme une intuition et lui fis signe discrètement de partir sans moi. Ange, qui parlait couramment le Curtis, traça son chemin sans se retourner. Une fois le van hors de portée, je m'aventurais à regarder par-dessus mon épaule.

J'aperçus la silhouette de Gomis, qui m'observait depuis une fenêtre.

Réunion de crise au QG !

Les avis étaient partagés : Adem et MDT pensaient que j'étais parano. Ange et moi étions certains que M. Gomis avait flairé l'affaire. Makeda jouait la voix de la sagesse. Ça servait à rien de spéculer, selon elle, on serait fixés dès le lendemain : si Aklouf arrivait à nous refiler le sujet de la prochaine épreuve, ça voulait dire que Gomis ne se doutait de rien. Dans le cas contraire...

La nuit est passée en un coup de vent. Je sortis de chez moi et m'introduisis chez MDT, curieux de connaître le fin mot de l'histoire. J'étais plutôt pessimiste, mais on était pas à l'abri d'une bonne surprise. MDT et Makeda étaient assis face aux écrans d'ordinateur. Du coin de l'œil, je remarquai Ange adossé contre le mur.

— Qu'est-ce que tu fous là, toi ?!

Ange se contenta de hausser les épaules en guise de réponse. Plus le temps passait, plus je le sentais investi. Le fait que sa présence me dérange de moins en moins me dérangeait. Parce qu'en vrai, ça me faisait plaisir. Et ça me faisait chier que ça me fasse plaisir. Un peu comme quand quelqu'un te fait des chatouilles et que tu te retrouves à rire, alors que t'es fâché et que t'as envie de le rester.

Pendant ce temps-là, au lycée, le proviseur ouvrait les enveloppes scellées contenant les sujets de l'exam de philo. M. Aklouf voulait sortir son portable, mais, se sentant observé, il refréna ses ardeurs. Il était l'heure de partir, et pas de signe de M. Aklouf. Il était HS, comme je l'avais anticipé. Je tentai de rassurer les troupes en leur disant que même si on avait eu le sujet de philo, j'aurais pas su quoi en faire tellement j'y comprenais rien à cette matière. Makeda et moi avions tiré la même conclusion sans se concerter : il fallait trouver une solution et surtout garder son sang-froid !

C'est avec la même énergie positive de la veille que j'entrais dans la salle d'exam. Maman avait encore prié pour moi. Mais cette fois-ci, Dieu m'avait fait défaut : à la place du surveillant habituel se trouvait Dark Vador lui-même, aka M. Gomis ! Il m'adressa un sourire qui me glaça le sang. Je m'efforçai de le lui rendre pour ne rien laisser paraître de ma détresse. Si on avait eu des doutes sur ses suspicions de la veille, ils avaient tous volé en éclats !

Sujets en main, M. Gomis se déplaça entre les rangs comme un fauve en recherche de sa proie. Il déposa le test sur ma table sans m'adresser un regard et continua sur ma rangée. Alors que je me familiarisais avec le sujet, Gomis réapparut dans mon dos.

— J'ai cru comprendre que tu avais quelque chose pour moi ?

J'hésitai, mais je finis par lui donner mon certificat ; il l'examina avec attention.

— Donc t'as la chaude-pisse, dit-il assez fort pour que toute la classe entende.

Du coin de l'œil, je pouvais voir les têtes se lever, les regards curieux se poser sur moi. Je croisais celui de Linh, qui avait l'air tout autant choquée par l'indiscrétion du surveillant que curieuse de savoir si ce qu'il avançait était vrai.

— Oui, c'est exact, je dis en bombant le torse.

Les élèves partageaient des sourires complices, faisaient tout pour s'empêcher de pouffer de rire. Il n'y avait que M. Gomis qui n'appréciait pas ma bravade. Je lui avais gâché son plaisir en assumant de la sorte.

— Concentrez-vous sur vos examens, lança-t-il sur un ton cinglant. Et toi, n'hésite pas à me dire si tu dois aller aux WC. Je voudrais quand même pas que tu te pisses dessus.

De nouveaux rires se firent entendre. La guerre, froide jusque-là, était devenue chaaauuude. Bouillante même !

Assis sur un banc, sandwich en main, téléphone coincé entre mon cou et mon oreille, je faisais mon rapport à Makeda. Par mesure de précaution, il était plus question que je m'approche du van jusqu'à nouvel ordre. Du coin de l'œil, je remarquai deux jeunes de ma classe qui hésitaient à s'asseoir à côté de moi. Est-ce parce que j'étais noir ou parce que j'avais la chaude-pisse ? On saura jamais.

— Alors c'était quoi, le sujet ? me demanda-t-elle.

— « La loi suffit-elle à définir le juste ? »

C'est sur ça que j'étais censé raconter ma life pendant quatre heures.

— Qu'est-ce que t'as répondu ? me demanda Makeda, curieuse.

— NON !

— Tout ce temps passé devant Arte et pour quoi ?! Pour faire plouf au moment de vérité conclut-elle, moqueuse.

On échangeait un fou rire pour chasser la nervosité : la philo avait un coefficient 4, le troisième plus gros coef après le 7 de l'éco et le 5 des maths et de l'histoire. Il fallait s'assurer une bonne note en histoire, mais aussi en anglais pour compenser la philo et l'espagnol pour lesquels je n'avais aucune chance d'obtenir la moyenne.

— Si j'ai 4, c'est un vrai miracle… Faut pas se louper avec l'anglais, je lâchai en tentant de ne pas laisser transparaître mon inquiétude.

— Je gère, répondit Makeda.

Bryan is in the toilet

La perte d'Aklouf avait été un sacré revers par rapport à notre plan original. Elle nous a renvoyés de l'ère digitale à l'analogique. Plus question de se cacher derrière un écran, fallait sortir et prendre des risques, maintenant. À l'aide d'une paire de jumelles, Makeda observait, depuis le confort du van, les bacheliers postés à l'extérieur du lycée, durant leur pause-déj, à la recherche de la cible idéale : un élève susceptible d'exfiltrer aux toilettes les questions du sujet d'anglais pendant l'exam. MDT me raconterait plus tard qu'elle avait jeté son dévolu sur un jeune gothique seul, posté dans un coin, en train d'écouter sa musique. Il restait plus à Adem qu'à le cueillir.

Notre don Juan prit une longue inspiration avant de sortir du van en direction de sa cible pendant que MDT et Ange rejoignaient Makeda à l'avant du van. Ils avaient tellement entendu parler de ses techniques de chasse qu'ils voulaient absolument le voir en action… Mais se posait une question capitale : qu'est-ce que la tchatche d'Adem allait donner sur un mec ?

Les paris étaient ouverts ! Ange mit un billet de 5 euros sur l'échec d'Ange, MDT doubla la mise. Makeda ajusta ses jumelles sur Adem alors qu'il approchait la cible.

Adem avait réussi à établir un bon contact, la conversation semblait fluide. Assez fluide pour qu'il puisse lui faire une proposition. On avait peu de temps. Adem lui chuchota dans l'oreille et lui glissa discrètement un billet de 50 euros dans la main. Le gothique hésitait. La sonnerie du lycée retentit, mettant fin à la pause. Il y avait urgence. Il fallait boucler le deal et vite !

Adem remit un billet de 20 pour calmer les doutes du jeune. Le geste eut l'effet inverse, il rétropédalait, plus Adem insistait et plus il acquérait la certitude que sa cible n'irait pas au bout. L'épreuve d'anglais allait commencer et le plan avait clairement échoué. C'était la panique à bord !

Makeda était au bord de la crise d'hyperventilation. Rien ne se passait comme prévu : on avait loupé la philo le matin, on ne pouvait pas se permettre un autre échec. Elle ne savait pas quoi faire à part s'en prendre à MDT et à Ange qui s'écharpaient sur qui avait gagné le pari. Mais Adem n'avait pas lâché l'affaire. Il s'était rabattu sur une fille en tee-shirt rose qui semblait ultra-réceptive à son charisme naturel. Pas le temps de tergiverser, il allait droit au but. Pas timide pour un sou, la fille au tee-shirt rose acceptait l'argent, mais elle était intéressée par autre chose ! Elle sortit un stylo et écrivit sur sa main.

Adem revint dans le van assez frustré par sa performance, il s'en voulait de ne pas avoir répondu aux attentes. Et le silence de Makeda ne faisait que renforcer son sentiment de défaite. Mais MDT et Ange le rassuraient, après tout, il avait su rebondir, et grâce à ça, ils avaient encore une chance de s'en sortir, « la balle était encore en jeu ». En vérité, ce qui intéressait MDT et Ange, c'était de savoir ce que la fille avait bien pu écrire sur la main d'Adem. Un numéro, un mot salace, les deux ?! C'en était trop pour Makeda qui se mit à crier sur Ange afin qu'il se prépare pour la suite du plan.

M. Gomis, qui savait que j'étais une bouse en anglais, déposa le sujet sur mon bureau avec un grand sourire. Je jouai le jeu et fis une tête de chien battu, pour ne susciter aucune alerte chez lui. Dans une trentaine de minutes, un gars allait lever la main pour aller aux toilettes. Quelques dizaines de minutes plus tard, j'irais aux toilettes pour y récupérer un brouillon rempli des réponses soigneusement concoctées par notre « Bryan » aka Ange. Et là, ce serait à mon tour de sourire.

Quarante minutes s'étaient écoulées et rien… Aucun gars de la classe s'était manifesté. Juste la meuf en tee-shirt rose. Pour amuser la galerie, M. Gomis, voulut savoir si elle aussi avait la chaude-pisse. Quand elle avait sorti un tampon de sa poche, tout le monde avait rangé ses dents, Gomis inclus, avant de la laisser sortir.

Vêtu de son bleu de travail, et de son tee-shirt Nettoyage ++, Ange se présenta à la porte du lycée avec un seau et une excuse toute préparée pour pouvoir pénétrer dans l'établissement. Mais les gars de la loge le laissèrent entrer sans même lui demander ce qu'il foutait là. Apparemment, y a rien de plus invisible qu'un Noir en bleu de travail. Ange arriva aux toilettes des filles du troisième étage et trouva un brouillon de l'exam caché dans le rouleau de PQ, comme prévu. Tee-shirt rose avait rempli sa part du marché ! Il sortit de son seau un sac plastique qui contenait le livre scolaire d'anglais. Il en tourna les pages et finit par tomber sur le texte sur lequel reposaient les questions de l'examen.

Ça faisait une heure et demie que l'épreuve avait commencé, et aucun gars ne s'était manifesté pour aller aux toilettes. Je demandais à sortir malgré tout, comme prévu par le plan. Les femmes mentent, les hommes mentent, mais on peut toujours compter sur Makeda pour délivrer la passe D et ça, peu importe la situ. M. Gomis, trop occupé à envoyer un texto, prit tout son temps avant de daigner accéder à ma requête.

Alors que j'arrivais aux toilettes, un surveillant était déjà posté devant les lavabos en train de se laver les mains. Je remarquais directement le signe qu'Ange avait laissé sur une des portes : une petite croix avec une aile de chaque côté. J'étais sauvé ! J'entrais dans la cabine en question et, assis sur la cuvette, j'observais le plafond où étaient cachées les réponses au test.

À travers le bas de la porte, je voyais les pieds du surveillant qui veillait au grain. Tant qu'il était là, il m'était impossible de récupérer les réponses cachées dans le faux plafond. Le surveillant n'avait pas l'air pressé de partir. La situation était insoutenable : si je faisais un move, j'allais être pris en flag, mais si je ne faisais rien, j'allais rester en chien. Je ricanais nerveusement face à l'ironie de la situation ; M. Gomis me l'avait mise profond.

De retour dans la salle d'exam, j'avançai vers le bureau du surveillant pour signer mon passage aux toilettes. Il était tout sourire. Et moi aussi. Curtis Batubingila a bien des défauts (oui, oui, je parle bien de moi à la troisième personne), mais on pourra jamais lui reprocher de ne pas savoir perdre.

Assis sur ma chaise, je regardais l'horloge avec zen attitude, mais mes jambes racontaient une autre histoire. Elles bougeaient frénétiquement à la recherche d'une ouverture, d'une faille. Si je me plantais là, c'était la fin du film. Et pas un happy ending. Soudain mon regard se posa sur Linh. Elle semblait avoir terminé, elle pourrait m'aider. M. Gomis était si sûr de lui qu'il ne me calculait plus. Il ne pouvait pas m'imaginer improviser un plan sous ses yeux. Personne ne pouvait soupçonner Linh : elle avait la tête de quelqu'un qui *te tricoterait un chandail si elle te voyait trembler de froid.* En plus, elle m'était redevable, je l'avais mise bien sur l'épreuve de maths. Enfin un rayon de soleil. Je voyais la liberté au bout du tunnel sous condition que je réussisse à la convaincre...

Je me tournai vers elle discrètement et la regardai avec insistance. Au bout de quelques secondes, elle finit par sentir ma présence. Malgré mes talents de mime, je trouvai pas de gestuelle simple et claire pour lui expliquer que je voulais tricher sur elle. Je bougeai lentement mes lèvres pour formuler ma requête. Quand elle finit par comprendre, ses yeux s'illuminèrent avant de s'éteindre. Elle se tourna vers sa copie et ne fixa plus autre chose jusqu'à la fin de l'épreuve, la biatch !

Je sortis de l'exam plus énervé qu'anéanti. Linh m'avait trahi. Et comme si c'était pas assez, elle me poursuivit à la sortie de la classe, certainement pour s'excuser. Qu'est-ce que j'allais faire avec ses excuses de merde. Le mal était fait ! Je finis par me retourner pour la confronter.

— Je comprends, t'as eu peur de te faire choper, je lui claquais, à peine condescendant.

— J'ai pas flippé du tout, me répondit-elle. Je voulais juste pas te donner mes réponses ! précisa la connasse, et elle n'avait pas fini de parler : Tu crois vraiment que parce que tu m'as aidée la dernière fois, ça allait effacer tout le mal que tu m'as fait ?

Je remarquai ses scarifications au niveau des poignets qu'elle s'empressa de cacher avec pudeur. Elle me lança un regard furieux comme si elle m'en voulait d'avoir capté, comme si elle m'en voulait d'avoir osé pénétrer dans son intimité.

— Mec, je te pisserais pas dessus même si tu prenais feu devant moi, me lâcha-t-elle avant de me laisser seul avec mes pensées sur le trottoir.

C'est quoi, ce délire ? On était dans quoi, exactement ?! Une fable de La Fontaine, un foutu film cainri des nineties où les gentils gagnent à la fin ? Laisse-moi rire. Est-ce que je regrette d'avoir fait du mal à Linh ? Oui ! Est-ce que je regrette d'avoir dit ce que j'ai dit sur M. Gomis ? À trois cents pour cent !! Je regrette un tas de trucs, comme avoir déçu la daronne par exemple. Mais concrètement, est-ce que j'avais du temps pour les regrets, là, maintenant ?! Non. J'ai un putain d'exam à obtenir, et à l'heure qu'il était, j'avais l'impression d'avoir grillé pas mal de cartouches.

L'œil du tigre

L'ambiance au QG était au deuil après l'épreuve d'anglais. Et il n'y avait rien à espérer de celle d'espagnol qui aurait lieu le lendemain. Mes bases dans la langue de Don Quijote étaient tellement faibles qu'on avait carrément fait l'impasse sur cette matière. Ange pestait dans sa barbe contre M. Gomis. MDT était silencieux, Adem qui ne savait pas où se mettre zyeutait à travers la fenêtre pour éviter le regard accusateur de Makeda qui cherchait des coupables.

En vrai, on avait rien à se reprocher, M. Gomis nous avait tout simplement surclassés. J'avais beau lui répéter, elle était déterminée à se blâmer de ne pas avoir préparé de plan C… Tout le monde était au plus bas. Il fallait remotiver les troupes. Il fallait un petit remontant, un petit pep talk, et la responsabilité retombait sur mes épaules.

— C'est simple les gars, y a plus que deux options qui s'offrent à nous : soit on s'apitoie sur notre sort comme maintenant, soit on va au bout de ce qu'on a commencé. Perdre, c'est toujours désagréable, mais perdre quand on a pas tout donné, il y a rien de pire !

J'avais volé le speech à Denzel ! Ou à Samuel ? Je sais plus. Ils avaient joué quasiment le même rôle dans deux films de sport différents que j'avais vus quand j'étais au placard. En gros, c'est l'histoire d'un coach noir qui prend une équipe de sportifs universitaires (basketteurs pour un film et footballeurs américains pour l'autre), les deux équipes ont en commun d'être composées de Noirs pauvres, indisciplinés, mais talentueux et quelques rednecks, bref des équipes de losers. Mais attention : des losers avec du potentiel !

Et là, le coach parvient à insuffler aux joueurs des valeurs comme la discipline, la solidarité, le don de soi et, ce faisant, il remonte ses troupes pour qu'ils gagnent un tournoi contre les favoris de la compétition : une équipe de Blancs privilégiés, arrogants et racistes. Finalement, au rythme d'un suspense de malade, non seulement nos losers magnifiques gagnent le match, mais, en plus, ils terrassent le racisme au passage. Encore une connerie de film hollywoodien qui met les Blancs et les Noirs à l'aise.

Mon discours fit mouche. Je le conclus sur une note optimiste :

— Si à la bête de note que je vais avoir en éco on ajoute le 20 que je vais sûrement me taper en maths, on est toujours dans la course.

La petite touche d'humour faisait son effet, les clowns tristes d'il y a une seconde se fendaient d'un vrai fou rire. C'est là que je me suis rendu compte du peu de foi que mon équipe accordait à mes capacités mathématiques.

— Ça va se jouer sur l'épreuve d'histoire-géo, dit Makeda d'un ton sentencieux.

Tous les regards convergèrent vers Adem. Et pas n'importe quel type de regards, des regards pleins de doutes. Tout le monde l'avait vu échouer avec le gothique cet après-midi-là. Et même s'il avait rectifié le tir après, dans cette mission, il aurait affaire à un autre gars, un homme mature, donc peu malléable. Adem avait les chocottes, ça se voyait. Comme c'est impossible de tirer quoi que ce soit de quelqu'un qui a la trouille, fallait sauver le soldat Adem et ça, ça commençait par le remettre en confiance. Je lui répétai ce que j'avais déjà dit : même si Adem avait exécuté le plan à merveille, ça n'aurait rien changé. M. Gomis nous avait neutralisés.

— T'es sûr de pouvoir gérer Van Hacker ? je demandai à un Adem déterminé à se racheter.

Pas de mots, pas de bla-bla, juste un fort mouvement de tête, il acquiesçait avec conviction.

— Je vais m'en occuper, proposa Makeda.

Madame s'était mise en tête qu'il fallait qu'elle fasse tout elle-même pour réussir. J'allais la couper direct dans son délire quand Ange me grilla la politesse.

— Ce serait bête de t'exposer, on connaît pas les relations de Van Hacker et Gomis, il faut supposer le pire.

Makeda, frustrée, hochait la tête, (con)vaincue.

— J'ai aucun talent particulier, reprit Adem avec une autorité qu'on ne lui connaissait pas. Je suis pas forcément créatif comme Curtis ou Makeda, ni un génie de la tech comme MDT, ou encore bon en anglais ou à nettoyer les chiottes comme Ange. Mais ça fait bientôt trois piges que je bats le pavé une fois par semaine pour finir par récolter plus d'un millier de numéros. Durant ce processus, j'en ai appris beaucoup plus sur la psychologie humaine que quiconque dans cette pièce. Donc cette mission, c'est la mienne !

— Bah voilà ! C'est ce genre de détermination qu'on voulait entendre, répondit Makeda.

Assis dans le van, j'observais un homme en train de patienter à l'arrêt de bus. Je confirmai au tél que la cible était au rendez-vous. Adem raccrocha après avoir obtenu l'info. Installé dans le fond du bus, un album Panini sur les genoux, un chapelet entre les mains, il répétait un mantra sans discontinuer :

*Je ne connaîtrai pas la peur car la peur tue l'esprit. La peur est la petite mort qui conduit à l'oblitération totale. J'affronterai ma peur. Je lui permettrai de passer sur moi, au travers de moi. Et lorsqu'elle sera passée, je tournerai mon œil intérieur sur son chemin. Et là où elle sera passée, il n'y aura plus rien. Rien que moi**.

Il était tellement intense que la vieille dame assise à côté de lui se mit à flipper : depuis les attaques de *Charlie Hebdo*, la paranoïa était réelle et Coulibaly, le responsable de l'attaque de l'Hyper Cacher avait montré que le terrorisme pouvait aussi avoir un visage de Noir. Tout aurait pu se régler avec un bon sourire Banania pour détendre l'atmosphère, mais Adem n'avait pas le temps de ménager sa voisine, toute son énergie était dirigée vers le succès de la mission qui reposait sur ses épaules.

En sortant du bus, il percuta un sexagénaire qui tentait de monter, faisant tomber des cartes Panini de son album photo. Le vieux s'empressa de l'aider à ramasser. À chaque carte qu'il attrapait, les yeux de l'ancien s'illuminaient.

— Où est-ce que t'as eu cette carte de Dino Zoff ?

Le vieil homme, qui n'était ni plus, ni moins que M. Van Hacker, le prof d'histoire-géo, avait mordu à l'hameçon : la première partie du plan avait porté ses fruits.

Adem et Van Hacker étaient assis dans un bar à l'écart des curieux, ils avaient une discussion animée sur l'état du foot actuel. Adem se plaignait de la disparition du football romantique au profit de celui obsédé par la statistique. En tant qu'historien, Van Hacker argumentait que ça faisait partie de l'évolution du jeu. Mais Adem n'en démordait pas, il voulait de la fantaisie, du beau jeu !

— Je m'en fous, qu'un gars mette 50 buts ou 60 buts par saison ! Je suis pas un comptable, je suis un épicurien.

La passion d'Adem plaisait à Van Hacker qui ne ratait pas l'occasion de se foutre de sa gueule gentiment.

— T'es un fan d'Arsenal ou quoi ?

— Moi, mon équipe, c'est la Seleção de 1982 : Falcao, Zico, Socrates, lui rétorqua Adem.

— Est-ce que t'étais même né en 82 ?

Adem n'était pas né en 82, mais il avait saigné les K7 VHS que son père lui avait léguées. Son daron n'avait d'yeux que pour cette sélection nationale brésilienne qui avait un génie à chaque poste de jeu.

— Ils ont pas gagné grand-chose, mais ils avaient un respect pour la beauté du geste, ajouta Adem avec des étoiles dans les yeux.

— À quoi ça sert de jouer beau si tu gagnes pas ?!

Outré par l'outrecuidance du vieil homme, Adem se leva de son siège.

— Mais ils ont gagné ! Ils ont gagné une place dans mon cœur ! Dans vingt ans, personne se souviendra de qui a remporté le Mondial 2006, mais tout le monde se rappellera le coup de boule de Zizou parce que c'est là que ça se passe, dit Adem en tapotant l'emplacement où se trouvait son palpitant.

— J'ai l'impression de parler à un vieux, conclut le prof d'histoire, tout sourire.

La transition avait été offerte à Adem sur un plateau et il la saisit direct.

— Pourtant, c'est vous, le prof d'histoire. Alors, c'est pour bientôt la rentrée ?

Van Hacker expliqua à Adem qu'il avait déjà repris le travail, il était en exam du bac en ce moment dans ce qu'on appelle la session de septembre. Adem s'inventa une sœur qui passait le bac à la fin de l'année et en profita pour lui demander :

— Vous pouvez me dire ce qui va tomber cet été alors ?

— Je pense pas, non, répondit Van Hacker.

Adem ne s'en offusqua pas. Bien au contraire, il commanda deux autres verres malgré les protestations stériles de Van Hacker.

Postés au QG, Makeda, MDT et moi attendions impatiemment des nouvelles d'Adem. Ange qui devait aider son père s'était barré quelques minutes avant. Il ne restait donc plus que MDT et Makeda en stand-by. Son téléphone n'eut pas le temps de sonner deux fois qu'elle avait déjà répondu.

— C'est qui à l'appareil ?

À l'écoute de la réponse, le sang de Makeda ne fit qu'un tour. Je lui demandai si tout allait bien. Elle me le confirma d'un hochement de tête tout en sortant de l'appartement pour prendre l'appel en privé.

Makeda vint nous rejoindre dans la chambre avec Adem au bout du fil, en mode haut-parleur. Assis dans les toilettes du bar, il nous livrait les infos précieuses qu'il avait réussi à glaner auprès de Van Hacker au bout de quelques verres. L'alcool le rendait euphorique.

— L'épreuve d'histoire-géographie portera majoritairement sur la géographie. Notamment sur une carte des États-Unis, dévoila-t-il. Rien que la carte et c'est 12 points assurés, renchérit-il, tout fier de lui.

Makeda, rigoureuse, lui intima de rester concentré jusqu'au bout. Il fallait congédier Van Hacker sans qu'il se doute de rien. Elle était sur le point de raccrocher, mais Adem avait sa croisade personnelle à mener. Encouragé par l'alcool, il demanda à Makeda si elle acceptait d'aller boire un verre avec lui quand tout ce cirque serait terminé. Je profitais de ce moment pour m'éclipser ; selon le texto que je venais de recevoir de la daronne, une vaisselle urgente m'attendait.

MDT me raconterait plus tard que Makeda s'était contentée d'un diplomatique « on verra » à la requête d'Adem. Il me raconterait aussi qu'il avait noté que la vibe de Makeda était devenue sombre après ce premier appel, à l'époque on avait mis ça sur le compte d'un souci familial. Pour qu'elle puisse aller se reposer, MDT s'était proposé de recopier la carte sur une feuille d'exam. Elle hésitait, il insistait, elle finit par céder.

— OK. C'est laquelle de carte, celle de gauche ou celle de droite ? demanda MDT en montrant la double-page au milieu du bouquin.

— Celle de droite, répondit Makeda après un court moment d'hésitation.

— T'es sûre ?

Makeda lui confirma que c'était bien la carte de droite qu'il fallait recopier.

La carte

Je profitais d'un moment d'inattention de M. Gomis pour sortir la carte de ma manche. Je copiai les infos clés en deux secondes, il restait plus qu'à la remplir !

J'avais oublié à quel point colorier avait un effet relaxant. Il fallait absolument que j'incorpore cette activité à ma routine post prison. J'ai toujours eu du mal à rester dans les lignes et ça, depuis mon plus jeune âge. Ça demandait beaucoup plus de concentration que j'en avais le souvenir, mais ça ramenait beaucoup de plaisir. Quand tu colories, il y a vraiment un sentiment de satisfaction ultime, de devoir bien fait, une tension positive qui se crée en essayant de rester dans le cadre.

L'épreuve touchait à sa fin, je tentais de remettre discrètement la carte dans la manche de mon pull. Mais M. Gomis m'avait à la bonne. À peine la sonnerie retentit-elle, il sauta de son siège en criant :

— Posez vos stylos. J'ai dit posez vos stylos !

Il aurait pu dire « Tout le monde les mains en l'air », ç'aurait été la même. Il balayait la classe du regard en ramassant les copies rangée par rangée avec un œil toujours braqué sur moi. Quand il arriva enfin à ma table, il souleva ma copie, espérant trouver quelque chose… Mais y avait R.

J'avais profité d'un angle mort pour fourrer la carte dans mon caleçon. J'aurais pu la jeter après, mais je décidais de la garder comme trophée de guerre. Je quittai la salle d'examen en marchant comme un moine, je pouvais sentir le papier me caresser les boules. C'était pas entièrement désagréable. Mais j'avais peur d'accélérer le pas, un geste trop brusque et j'aurais pu mettre fin à la lignée des Batubingila !

Je sortis du lycée, le sourire aux lèvres. On était vendredi, le week-end avait déjà commencé. Je voulais tenter un truc nouveau pour la célébration. Pourquoi pas un karaoké ?! MDT aurait sûrement besoin d'être convaincu, Adem aussi. Mais pour lui, je ne m'en faisais moins, Makeda s'en chargerait.

Dans le parking où était censé être garé le van, il n'y avait personne ! J'essayai d'appeler Makeda, mais elle ne répondit pas. Et, là, mon cœur se mit à battre plus rapidement qu'à l'accoutumée. J'avais un sale pressentiment. J'appelai les autres un à un, chaque fois que je tombais sur une messagerie, je perdais un peu plus mon sang-froid. Sans m'en rendre compte, je me retrouvai à courir en direction du métro. Au bout de quelques minutes de course, je remarquai le van de l'église garé à deux pas du comico qui se trouvait sur le chemin. C'était mauvais signe. M. Gomis avait-il quelque chose à voir avec tout ça ?!

J'arrivai devant chez moi à bout de souffle. Je toquai chez MDT. Pas de réponse, non plus. D'un coup de manche, j'épongeai la sueur froide qui ruisselait sur mon front et je sonnai chez moi. Ma mère ouvrit la porte, elle était sur le point de sortir.

— Je vais à l'église. Tu me nettoieras tout ce bordel.

J'avais pourtant fait le ménage la veille. J'entrais dans l'appartement et tout était aussi nickel que je l'avais laissé, ce qui rajoutait à ma confusion. De quel bordel elle me parlait, elle ? J'avais d'autres chats à fouetter. Fallait que je retrouve ma putain de team. J'ouvris la porte de ma chambre et là, sans prévenir, un pot de confettis me tomba sur la tête.

— SURPRISE !!!!

— Bande… de… bâtards, furent les premiers mots qui me vinrent à la bouche.

Adem avait insisté pour fêter, Makeda était contre, elle voulait voir les résultats avant. MDT s'était chargé de convaincre la daronne. Le coup du van devant le comico, c'était Ange : il avait craint que je voie la surprise venir et avait cherché un truc assez gros pour détourner mon attention, ça avait marché !

Alors qu'on bouffait nos parts de cake au kiwi, qu'on se saoulait à l'Oasis en écoutant du son, j'enfonçai ma main dans mon caleçon pour en sortir mon « précieux ». Je montrais la carte que MDT avait concoctée, j'avançais avec elle vers mes potes qui me fuyaient comme la peste pour ne pas entrer en contact avec ce bout de papier qui avait pris résidence près de la partie la plus chaude du corps d'un mâle, un vrai.

— C'est pas la bonne carte, commenta Adem.

On éclata tous de rire à sa tentative d'humour. Le problème c'est qu'il ne blaguait pas.

Adem prit le livre d'histoire-géo et ouvrit à la double page où se trouvaient les cartes des États-Unis.

— Le sujet, c'était la carte agricole des États-Unis, pas la carte industrielle, insista Adem.

À ce moment-là, la fête partit en couille, l'angoisse remplaça l'euphorie.

— Qui a fait la carte ? demanda Ange.

Les regards fusèrent vers MDT qui rejetait déjà la faute sur Makeda.

— Elle m'a dit de copier celle de droite !

Makeda ne prit même pas la peine de se défendre. La machine de guerre qu'elle était n'aurait pas pu faire une erreur aussi bête. Malgré les regards inquisiteurs braqués sur lui, MDT insistait.

— Tu m'as dit de copier la carte de droite.

Pendant ce temps-là, je faisais les cent pas, en massant mon crâne en surchauffe. Adem tentait de me rassurer en me disant qu'il y avait beaucoup de similitudes entre la carte industrielle et l'agricole. Mais c'était trop tard, je me tournai vers MDT.

— T'avais qu'un seul un truc à faire, un seul. Comment t'as pu trouver le moyen de merder ?!

C'était la première fois que je voyais MDT aussi silencieux, lui qui avait toujours quelque chose à dire s'était tu. Son silence était mortel. Profondément déçu et heurté par mes paroles, il se dirigea vers la porte. Avant de la claquer derrière lui, il se tourna une dernière fois vers Makeda.

— Tu m'avais dit la carte de droite !

Piquée au vif, Makeda fit un truc qui aurait dû me mettre la puce à l'oreille, elle se mit à chialer avant de partir à son tour. Adem la suivit comme un toutou pour la consoler. Fallait que je prenne l'air. J'ai quitté la pièce. Il ne restait plus que Ange dans ma chambre, qui, pour se sentir utile, se mit à faire ce qu'il avait fait tout l'été : du nettoyage.

La gueule de bois

Dans la précipitation, j'avais oublié d'enlever mon bracelet avant de sortir. J'avais passé le reste de la journée au ciné, histoire de me changer les idées, et totalement zappé le couvre-feu de 18 heures. Fallait absolument pas que je rate celui imposé par la daronne. Je suis sorti du kino de la fac de Lille 3 à 21 h 49. Et à 21 h 50, il s'est mis à pleuvoir. C'était comme si le ciel voulait se synchroniser à mon mood. Il me restait exactement 10 minutes pour arriver chez moi avant l'extinction des feux.

J'ai serré mes lacets, lancé du Whitney Houston dans mon smartphone et me suis mis à courir. J'aime pas particulièrement le faire même si je kiffe la sensation d'avoir couru. Mais là, je dois avouer que l'acte en lui-même me faisait un bien fou. Il fallait que je me défoule, que je me décharge de ce trop-plein d'énergie négative. Et y avait un truc rassurant avec ce geste de répétition constant. Inspiration, expiration, le talon qui attaque le bitume, les orteils qui s'en décollent. La température corporelle qui augmente pour réguler le tout. J'étais tellement absorbé par la voix de Whitney que j'ai pas vu la voiture venir.

Elle a coupé ma course sur le trottoir ! Au début, j'ai cru à un accident, un gars saoul derrière son volant. Avant que je puisse enlever mes écouteurs, trois policiers se tenaient face à moi en train de crier comme des cochons à l'abattoir.

Mes sens étaient pris d'assaut. Y avait un décalage entre l'ambiance slow jam dans mes oreilles et celle hard rock dont mes yeux étaient les témoins. Même si je préférais mille fois entendre la voix de Whitney plutôt que les conneries que ces bleus allaient me raconter, je finis par enlever mes écouteurs.

— POURQUOI TU COURS ?!

— TU VIENS D'OÙ ?!

— POURQUOI TU COURS ?!

Pas un mot ne sortit de ma bouche. Je donnai ma carte d'identité et mon ticket de cinéma sans broncher. Mon calme les fit tous redescendre d'un cran. J'en étais pas à mon premier rodéo, je savais comment gérer ce genre de situation. Je pointai du doigt le bracelet électronique que je portais au niveau de la cheville.

— Mon couvre-feu est dans 8 minutes.

Le flic qui était noir (il l'est toujours, je vous rassure) examina la carte recto verso. En me la rendant, il me demanda si j'habitais toujours rue de la Liberté avec un accent antillais.

J'avais 12 ans lors de mon premier contrôle d'identité. En une seule interaction, les flics ont réussi à ruiner les douze ans de capital sympathie envers l'uniforme que la télé avait instillé en moi. Suite à cet épisode, j'étais tellement traumatisé que je voulais sortir avec ma carte d'identité tout le temps. Bien sûr, ma mère refusa de me la passer de peur que je la perde ou que je me la fasse déchirer… par les policiers eux-mêmes. Apparemment, ils étaient connus pour faire ça, à son époque.

Du coup, chaque fois que je voyais les képis, bah, je courais. J'avais beau avoir rien fait, je courais quand même. De tous les flics que j'ai croisés dans ma vie, le pire des pires sont dans l'ordre : les femmes, les rebeus, puis les

Antillais. Les pauvres ont tellement besoin de prouver à leurs collègues qu'ils ont leur place à leur côté, qu'ils ont tendance à en faire trop. Chacun sa méthode de survie.

Quand ce flic noir, à l'accent caribéen, m'a proposé de me déposer, je l'ai regardé deux fois. Mais il a insisté.

— En voiture t'es là-bas en moins de 5 minutes, me dit-il en matant ma cheville.

Je me décidai à faire un pas vers le véhicule. Et là, ils se mirent tous à pouffer.

— Il y a vraiment cru, dit le flic noir à ses collègues entre deux rires.

— Tu nous as pris pour des chauffeurs de taxi, renchérit un autre képi.

Les flics rentrèrent dans le véhicule en se foutant de ma gueule allègrement.

Alors que la voiture démarrait en trombe, j'entendais encore ces fils de lâches s'égosiller.

Il était 22 h 02 quand je suis arrivé devant chez moi, trempé de sueur. Et sans grande surprise, ma mère m'ignora quand j'ai sonné. Je pouvais voir la lumière allumée du salon à travers les stores. Je savais qu'elle m'entendait. Mais pour elle, c'était une question de principe : elle pouvait plus se permettre d'être cool avec moi alors que je l'avais trahie. Je lui avais menti. Alors que des flics avaient défoncé sa porte par ma faute.

J'étais sur le point de me rabattre sur la porte de MDT quand les paroles que je lui avais lâchées dans l'après-midi me rappelèrent à l'ordre : « Comment t'as pu trouver le moyen de merder ça ?! »

Il me laisserait dormir chez lui sans problème, si je m'excusais. Mais il en était pas question. À cause de lui, j'allais repasser par la case prison.

Assailli par le poids de la fatigue, je m'affaissai sur le sol du couloir comme un schlag ou un putain de hippie de la fac de Lille 3, à me demander comment j'avais fait pour finir comme ça. Je me sentais seul au monde. Pourquoi ne pas dormir chez Makeda ? Je l'appelai et, comme un signe, je tombai sur sa messagerie. Alors que j'enregistrais le message pour la prévenir de mon arrivée, je remarquai la protubérance au niveau de ma cheville. J'avais momentanément oublié ce foutu bracelet électronique.

Le voyant d'habitude vert avait tourné au rouge. J'avais déjà outrepassé la limite de 18 heures, perdu pour perdu autant dormir au chaud. Je me rappelai que je voyais la Spip dans quelques jours.

— Finalement, laisse tomber…, je soupirai dans le combiné avant de m'adosser à la porte et de fermer les yeux.

Impatient que cette foutue journée se termine.

Jeune, coupable et libre

— Alors ces cauchemars, vous les faites toujours ? me demanda la Spip.

En ce moment, c'était plutôt mes journées, le problème. Je m'enfermais dans ma chambre, je mangeais plus, je passais mon temps à comater. Comme j'avais la flemme de lui raconter ma vie : je secouais la tête.

— Est-ce que c'est lié à l'examen du baccalauréat ?

— Quand ma mère apprendra que je l'ai loupé, elle va… Pff, parfois, je me dis que j'aurais mieux fait de rester au placard. Parce que là, je suis au bout de ma vie !

Mme Moutoux m'ordonna de me lever, ce que je fis, mais apparemment, pas assez vite à son goût parce qu'elle me cria dessus en me demandant d'accélérer. J'obtempérai, surpris qu'un si petit corps puisse produire un son si puissant. Elle m'expliqua qu'avant moi une mère toxicomane s'était assise sur cette chaise. Une junkie qui, tous les jours, choisissait de nourrir ses gosses au lieu de s'acheter une dose. Elle m'expliqua qu'après moi il y aurait un malfrat qui s'installerait sur cette chaise. Un homme marrant, intelligent, charmant comme moi. Sauf que, contrairement à moi, lui baignait dans le crime depuis tellement longtemps qu'il lui était impossible de revenir à une vie normale. Pourtant il se battait.

Elle m'expliqua que seuls les courageux avaient le droit de poser leur cul sur cette chaise. Je comprenais toujours pas où elle voulait en venir, mais quelque chose me disait qu'il fallait pas l'interrompre.

— Toi, t'es jeune, coupable et libre. T'as l'avenir devant toi ! Tu peux repasser ton bac l'an prochain si tu veux ou l'année d'après, donc j'accepte pas que tu t'installes sur cette chaise et que tu me parles de suicide.

SUICIDE ?!

— Mais j'ai jamais parlé de suicide, moi ?!

— Tu m'as dit que t'étais « au bout de ta vie ».

J'ai commencé par un ricanement qui s'est graduellement transformé en un rire silencieux ; finalement c'était plus fort que moi, les larmes sont sorties. Mme Moutoux, qui appréciait moyen que je me foute de sa gueule, se mit à me jeter des projectiles que je ne cherchais même pas à éviter tellement j'étais hilare. Au moment où elle prit l'agrafeuse, je me ressaisis.

— Quand je dis que je suis au bout de ma vie, c'est juste une expression, madame ! Ça veut juste dire que je suis fatigué, que j'en peux plus. Me suicider moi, Curtis Batubingila ?! Je peux pas faire un truc aussi égoïste, le monde y perdrait trop si je me retirais la vie.

Convaincue par mon argumentaire narcissique, la Spip relâcha l'agrafeuse. C'était moins une.

À la fin de notre entretien, je m'excusai auprès de Mme Moutoux de ne pas avoir respecté les horaires lors de mon escapade du vendredi. Pas de mytho, juste la vérité : ce soir-là, j'étais mal, j'avais besoin de déconnecter. Je m'attendais à ce qu'elle me monte dessus, fasse le Père Fouettard. Elle aurait été dans son bon droit. Moutoux fit tout le contraire : elle m'assura que dès que j'aurais le bac, j'aurais carte blanche pour célébrer toute la nuit si j'en avais envie.

J'étais touché, pas par la permission de minuit, c'est pas son bracelet qui allait m'empêcher de passer la nuit dehors. J'étais touché par la foi qu'elle avait placée en moi. Les mots ont leur importance. Elle ne m'avait pas dit « SI » tu as ton bac… « dans l'éventualité où tu aurais ton bac », mais « DÈS QUE » tu l'auras. J'allais pas casser l'ambiance en lui disant que c'était mort pour cette année, de peur de me manger l'agrafeuse pour de vrai, donc je me contentai de lui rendre son sourire.

Entretien avec le Sheitan

J'étais jeune, coupable et libre ! J'aimais bien cette expression. Après tout, tout n'était pas si noir. Les rayons du soleil me bénissaient de leur éclat. Je faisais plus mes cauchemars. Alors que je marchais librement dans les rues de mon tieks, un ballon de foot m'arriva dessus à toute vitesse. Au lieu de l'éviter, je l'amortis d'un contrôle de la poitrine et le renvoyai tout en douceur aux gosses qui jouaient sur le bitume. Des lascars qui avaient assisté à la scène depuis le bloc où ils squattaient m'applaudirent. Mon passage à Loos avait fait que j'avais gagné leur admiration, mais le sentiment n'était pas réciproque. On était pas de la même espèce : ils portaient des survêts alors qu'ils faisaient pas de sport, des Ray-Ban alors qu'ils restaient dans l'obscurité et *ils voulaient tous rapper… comme s'ils avaient quelque chose à dire**.

M. Gomis attendait devant mon bâtiment, assis dans sa Mercedes de vieux briscard : une SL 500 aux phares jaunes. Les jeunes du bloc l'observaient l'air circonspect, ils n'ont jamais su comment gérer son héritage controversé : les autres quartiers respectaient le Pont de Bois grâce à M. Gomis, mais se moquaient aussi du Pont de Bois à cause de M. Gomis !

À ma vue, M. Gomis ouvrit la porte du siège passager en guise d'invitation. J'hésitai à monter, mais il sut trouver les mots pour me convaincre.

— T'as peur qu'ils te prennent aussi pour une tafiole, c'est ça ?

— Pas du tout, je lui dis en m'empressant de m'installer.

— Est-ce que je t'ai déjà remercié, en fait ? me questionna le caïd tout en appuyant sur le bouton de la fermeture automatique des portes.

C'est à ce moment que je me rendis compte de mon erreur ; j'étais fait comme un rat ! Il avait géré ça tellement fluide que je ne pouvais que respecter le savoir-faire. Foutu pour foutu, je me concentrai sur la conversation.

— Pourquoi ? je lui demandai en tâtonnant.

— Si c'était pas pour toi, j'aurais jamais fait mon coming-out, tu m'as ôté d'un sacré poids.

Je hochais la tête, surpris par le fait que mon geste lâche ait pu avoir un quelconque effet positif.

— C'est vrai, la rumeur sur ton séjour en HP ? je m'aventurai à lui poser la question.

Il me confirma que oui, suite à une dépression. Je ne pus m'empêcher de grimacer.

— Moi aussi, je pensais que la dépression était un truc de babtous, souffla-t-il.

C'était comme s'il lisait dans mes pensées.

— Je pensais que nous, les Noirs, on pouvait tout encaisser sans broncher… Et continuer notre vie comme si de rien n'était. On a bien vu nos parents le faire, pourquoi pas nous ?! Il s'avère qu'on est pas aussi costauds qu'eux. En tout cas, je le suis pas. C'est dur de passer du plus gros caïd du quartier à la plus grande pédale sans en garder de séquelles. Ce serait pas fun sinon !

Il y avait anguille sous roche. M. Gomis sincère et plein de gratitude. Je sentais que mes heures étaient comptées, mais il fallait que je gagne du temps, histoire de trouver une solution.

— Pourquoi tu t'acharnes sur moi, si t'es si reconnaissant ?

M. Gomis eut un profond soupir. Un soupir plein de regrets.

— Ma mère, c'est une sainte. Une femme pieuse, soumise. Pas au daron, mais à son propre code de conduite, à ses valeurs, à la religion. Mon père l'a ramenée du bled quand ma « vraie » daronne est morte. Tu peux pas imaginer la misère qu'on lui a faite quand elle est arrivée. Mais elle s'est montrée patiente. Elle nous a toujours soutenus, montré de l'amour comme si on était ses vrais enfants. Et plus elle m'aimait, plus je lui faisais du sale parce que j'avais la conviction que de l'aimer en retour reviendrait à trahir ma « vraie » mère. Enfin celle qui m'a donné naissance. Et puis elle a eu son AVC… à cause de moi. J'avais échappé à la justice des hommes, mais pas à celle du destin. Fallait assumer. Quand je lui ai demandé ce qu'elle voulait que je fasse pour me faire pardonner et elle m'a dit d'arrêter TOUT ce que je faisais d'haram. J'ai tout stoppé du jour au lendemain. Enfin presque tout. J'étais prêt à rester dans le placard jusqu'au bout, en tout cas, au moins jusqu'à ce qu'elle parte… Mais il a fallu que t'ouvres ta gueule. Aujourd'hui, si ma daronne refuse de me parler, je t'en tiens pour responsable. Ça, c'est la première raison de mon acharnement, tu veux connaître la deuxième ?

Je secouai la tête, j'avais aucune envie de savoir, mais ça M. Gomis s'en contrefichait, il voulait me le dire quand même et personne n'allait l'en empêcher.

— T'as raté l'histoire parce que j'ai demandé à Makeda de te trahir.

— Je vois pas ce que Makeda a à voir avec mon bac.

— On sait, t'es pas une balance. T'as beau être malin, t'es pas forcément intelligent. Quand j'ai compris que tu n'agissais pas seul, j'ai tout de suite su que Makeda orchestrait tout de derrière. Du coup, je lui ai proposé un deal : soit elle te trahissait, soit je balançais à la juge qui s'occupait de la garde parentale qu'elle se rendait complice d'un délit passable d'une forte amende et de l'impossibilité de se présenter à un exam pendant cinq ans. Elle t'aime beaucoup, mais elle aime sa famille beaucoup plus. Elle courrait pas le risque de les perdre… ni de perdre l'opportunité d'avoir un boulot qui puisse subvenir à leurs besoins. Et ça, ça nécessite de passer des exams.

J'étais livide : Makeda aussi m'avait trahi ! Cette garce m'avait planté un couteau dans le dos.

Gomis devait lire dans mes pensées. Il me regarda droit dans les yeux en parlant calmement.

— Comment oses-tu la blâmer ? dit-il en m'agrippant par le cou. Tu ne peux en vouloir qu'à toi-même.

Selon lui, j'étais un virus, une pomme pourrie qui ne serait satisfaite que quand toutes les autres pommes autour seraient contaminées. Ses mots ressemblaient étrangement à ceux de ma mère. Je tentais de me débattre, de me libérer de sa poigne, mais mes efforts n'étaient pas récompensés. Bien au contraire ! Gomis continuait à parler calmement alors même que la paume de sa main enfonçait inexorablement ma pomme d'Adam à l'intérieur de ma gorge. Il me suggéra que la chose la plus sage à faire était de m'absenter de la vie de Makeda pour l'observer, de loin, devenir celle qu'elle était censée être. D'un léger mouvement de tête, je me rangeai à son opinion.

Une lueur d'espoir

Après m'avoir dit ce qu'il avait à me dire, Gomis avait libéré mon cou de sa poigne, mon corps de son âme. J'arrivai face à la porte de chez moi, sans savoir comment j'y avais atterri. Je me sentais drainé, sans énergie. Jeune, coupable et libre. Pff, j'étais jeune et coupable, surtout. Coupable d'avoir perdu mon petit frère et ma sœur, ma go sûre, ma part non négociable. Coupable d'avoir entraîné Ange et Adem dans mes conneries. Coupable d'avoir raté mon putain de bac. Coupable d'avoir caché la nouvelle à ma mère. M. Gomis avait peut-être raison en fin de compte, j'étais une pomme pourrie.

Je montais dans ma chambre et m'y enfermais toute la journée. Je prétendais être tombé malade et ne sortais que pour pisser, bouffer, nettoyer. C'est comme ça que quasi une semaine s'est écoulée en un claquement de doigts. On était samedi et les résultats du bac étaient affichés au lycée depuis deux jours au moins. Ange, à qui j'avais fini par répondre au téléphone, voulait qu'on aille les voir ensemble.

J'avais la flemme de me déplacer jusqu'à Lille pour check les résultats, mais j'avais pas le choix. Je devais tenir mes acolytes informés, je leur devais au moins ça. Fallait aussi que je passe à autre chose pour pouvoir rebondir. Me préparer à la suite. J'avais touché le fond. Mais bon, mon passage à Loos Angeles m'avait appris qu'il y avait toujours plus profond que le fond.

Quand je suis arrivé en prison, j'ai cru que j'allais mourir de honte, de tristesse, de l'enfermement. Quand je voyais les taulards rire, j'étais égaré. Comment ils pouvaient rigoler alors qu'ils étaient privés de leur liberté ? Je m'étais juré que je ne rirais jamais. Au bout d'une semaine d'austérité, j'ai eu un fou rire, je sais même plus pourquoi. J'me souviens juste d'avoir ri un bon coup. Et pendant ce court moment, j'étais libre.

Je dévalais les escaliers à toute vitesse et alors que je me dirigeais vers la porte d'entrée, je trouvai ma mère allongée sur le canapé du salon en train de regarder la télévision. Avant que je puisse lui dire quoi que ce soit, elle m'annonça qu'elle avait mal au dos. Alors, une chose à savoir sur les parents africains pour tous ceux qui ne sont pas familiers avec cette espèce : en général, ce sont des handicapés sentimentaux. Mais pour de vrai, hein. Tout ce qui est susceptible de te faire mal, ça, ils te le diront frontalement sans aucun problème.

En revanche, quand il s'agit de communiquer tout ce qui implique de la vulnérabilité, du sentimentalisme, de l'affection, alors là, ils te parleront en code, en langage crypté. Maman voulait que je la masse, et même si je me sentais pas au top, je ne pouvais pas lui refuser… Ange attendrait.

Elle avait de sacrés nœuds au niveau des épaules. Son dos était dur comme une planche de bois. En plus de mes mains, fallait que je mette la puissance de tout le haut de mon corps pour ne pas trop me fatiguer. L'exercice était bienvenu, il me permettait de me vider la tête. Il fallait sûrement que je profite de ce moment d'intimité pour lui annoncer que j'avais raté mon bac.

— T'as choisi les matières que tu vas passer au rattrapage ? me demanda-t-elle innocemment.

J'étais perdu. Je comprenais pas un traître mot de ce qu'elle me racontait. Elle pointait du doigt une enveloppe sur la table basse. Un autre courrier qui m'était adressé qu'elle s'était permis d'ouvrir. J'y découvris mon relevé de notes du bac. Mes notes en anglais et en espagnol se comptaient sur les doigts d'une seule main et celle de philo à peine sur deux. Concernant le reste, j'avais eu 9 en histoire-géo, 14 en éco et seulement 15 en maths ; grosse déception ! En bas du document, y avait un nombre qui représentait une lueur d'espoir. Celui des points à « rattraper » pour obtenir son baccalauréat.

Mak ne m'avait jamais parlé de l'existence des rattrapages. Quand j'y pense, c'était du Makeda tout craché. Pour elle, ça devait être la honte de tomber si bas. Mais elle et moi, on avait pas du tout les mêmes standards. Rattrapages ou pas, tout ce qui comptait pour moi, c'est d'avoir le foutu diplôme. Et une nouvelle chance s'offrait à moi. Je remerciais « Maman » pour la bonne nouvelle. Elle ne prit pas la peine de me corriger sur le fait que je venais de l'appeler Maman au lieu de Tantine Christelle… On faisait des progrès !

Je marche en solo

Histoire de me mettre la pression et de m'y tenir, j'appelai Makeda directement après. Contre toute attente, elle décrocha. C'était le silence au bout du fil. Quand elle est mal, Makeda se terre toujours dans le silence. C'est sa manière de gérer les crises. Perso, j'aime bien que les choses soient dites, qu'elles soient claires, il faut que je puisse mettre tout sur le tapis pour pouvoir avancer.

— J'ai parlé à M. Gomis, il m'a raconté ce qui s'est passé…

Je l'imaginais retenir son souffle alors que je déroulais… Et je comprends, j'aurais fait la même si j'avais été à sa place. Toujours le silence complet à l'autre bout de la ligne, mais je savais qu'elle m'écoutait. Je pouvais entendre cet idiot d'Emery crier dans le fond. Je continuais donc mon mea culpa.

— Il est temps que j'arrête de faire l'assisté. Du coup, plus d'équipe. À partir de maintenant, je marche en solo. Mais je te promets que dès que j'aurais décroché ce putain de bac, on pourra tous célébrer ça autour d'un bon repas, Ange, Adem, MDT et toi.

Je savais pertinemment ce que je faisais ; y avait rien de mieux que de parler de bouffe pour susciter une réaction chez elle.

— Ton problème, Curtis, c'est que tu crois que le monde tourne autour de toi.

— Parce que c'est pas le cas ? je lui répondis tout fier.

J'entendais Makeda sourire au bout du fil, il en fallait pas plus pour me motiver.

Je me baladais dans le rayon manuels scolaires du Furet du Nord, la plus grande librairie de Lille. Alors que je mettais ma main sur le dernier Annales bac oral d'anglais, une main brune aux ongles méticuleusement vernis se posa sur la mienne. La meuf pensait m'amadouer avec un sourire, mais je ne lâchai pas le livre pour autant. Il me fallut un petit moment pour me rendre compte que la meuf en question était Linh. Elle était méconnaissable sans son plâtre. Je la sentais libérée. Plus légère. Plus belle !

— Tu repasses l'anglais ? me demanda-t-elle avec des yeux de merlan frit.

Elle se foutait de ma gueule, celle-là, elle m'avait pas laissé copier sur elle et maintenant elle s'étonnait que j'aie à repasser la matière.

— J'y pense. Mais en même temps, je suis tellement nul que je me demande si ça vaut vraiment le coup.

— Moi aussi, je suis une bouse en anglais, me confessa-t-elle. Je suis tellement nulle que j'ai pas voulu te laisser copier sur moi au risque que tu m'en veuilles d'avoir une mauvaise note. À ce moment-là, c'était plus facile de te traiter que de te dire la vérité.

— Tranquille.

Je m'attendrissai malgré moi face à son excuse qui semblait plus que plausible. Fallait que je reste sur mes gardes quand même ; « Je te pisserais pas dessus même si tu prenais feu », c'est pas le genre de phrase que t'improvises.

Elle a dû répéter devant le miroir au moins une dizaine de fois avant de me lâcher une dinguerie pareille.

— T'as combien de points à rattraper ? me demanda Linh.

— 87. Et toi ?

— 100 et quelques, me rétorqua-t-elle.

Je ne pus m'empêcher de lever les sourcils.

— Je sais, je suis dans la merde, me dit-elle en se fendant d'un sourire.

On s'est dit au revoir devant le magasin. Linh marchait en direction du métro Rihour. Moi aussi, mais je patientais un peu avant d'avancer, pour qu'elle n'ait pas l'impression que je la suivais. Elle finit par m'attendre pour qu'on aille ensemble. Je lui fis remarquer que quelque chose avait changé par rapport à la dernière fois qu'on s'était vus, en référence à son plâtre. Elle m'expliqua que c'étaient les soutifs, elle s'en était acheté des nouveaux. J'étais mort de rire. Je savais pas que la meuf avait le sens de l'humour. C'était peut-être le moment d'essayer quelque chose de nouveau pour moi, comme des… excuses. Je me jetai à l'eau timidement.

— Si tu crois que j'ai attendu tes excuses, tu te fourres le doigt dans l'œil, me balança Linh en me coupant dans mon élan.

L'ambiance était devenue tendue d'un coup. Est-ce que j'aurais mieux fait de me taire ? Ne pas remettre ça sur le tapis ? Fallait meubler et vite.

— Comment t'as fini avec un plâtre ? je demandai innocemment.

— J'ai pas envie de te raconter, trop la lose ! Si c'était pas pour ce plâtre de merde, j'aurais pu louper mon bac en juin comme tout le monde et profiter de l'été. Et toi, pourquoi t'es passé en septembre ?

— Ah, c'est parce que j'étais en prison, je lui répondis tout naturellement.

Linh se mit à rire à ce qu'elle pensait être une blague, je ne pris pas la peine de rectifier.

Thèse, antithèse, synthèse

J'étais installé dans la cuisine, le nez dans les annales de philo. Je comprenais les mots, mais pas les concepts. J'avais l'impression que rien n'imprimait, c'était comme si le texte était écrit dans une langue étrangère. Enfin, c'en était une. Je parle le langage de la dalle, de ceux qui ont faim. Toutes ces élucubrations avaient été écrites par des gens aux estomacs bien repus, des gens qui avaient le temps de palabrer, de tergiverser, de se pavaner.

Maman devait sentir ma détresse parce qu'elle me demanda de lui expliquer ce que j'avais compris. Je me jetai à l'eau, lui présentai les principes de la dissertation qui tenaient en trois mots : thèse, antithèse, synthèse. Tout commence avec une question philosophique genre : pourquoi le chien est-il le meilleur ami de l'homme ? Dans la partie thèse, tu dois expliquer, exemples à l'appui, trois au moins, qu'en effet le chien est le meilleur ami de l'homme parce que le chien va défendre son maître s'il se fait attaquer, parce que le chien va être utile à son maître pendant la chasse ou rameuter les moutons du berger. Bref, c'est le postulat de départ.

Là où ça se compliquait, c'est qu'il fallait dans un second temps fournir un argumentaire antithétique dans lequel expliquer, si on continue avec l'exemple du chien, pourquoi il n'était PAS forcément le meilleur ami de l'homme.

Mon cerveau résistait à cette logique : comment on pouvait défendre un truc une seconde et le démonter celle d'après ?! Maman se prit au jeu et me sortit que le chien ne pouvait pas être l'ami de l'homme parce qu'ils laissaient leurs poils partout dans les maisons. Pour une femme qui ne nettoyait plus chez elle depuis un moment, je trouvai ça un peu léger comme argument et ne m'en cachai pas. Elle se sentit offensée.

La daronne n'avait pas l'habitude de me raconter des histoires du boulot. Tout ce qui se passait à l'hosto restait à l'hosto. Mais contrariée par la manière dont j'avais rejeté son précédent argument, elle me détailla la fois où un patient diabétique avait débarqué à l'hôpital avec trois orteils en moins. Au lendemain d'une soirée bien arrosée, il s'était réveillé à la vue de son chien en train de lui bouffer les doigts de pieds.

Dégoûté par l'image que je m'étais faite du délire, je la suppliai d'arrêter. Et là, elle se mit à imiter, entre deux rires, la démarche titubante du patient quand il s'était présenté à l'hôpital. Je pleurai de rire alors qu'elle continuait à se contorsionner. En regardant ma daronne faire la folle, une pensée me traversa l'esprit : si elle n'avait pas été ma mère et si j'avais pas été son fils, Christelle et moi, aurait-on pu être potes ?

Le bruit de la sonnerie me fit sortir de ma rêverie. Christelle me rappela d'un seul lever de sourcil qu'elle était la daronne : je devais bouger mon cul et aller ouvrir la porte. Mais je restais coincé sur mon siège. À ne pas vouloir bouger. La culpabilité devait se lire sur mon visage.

— Qu'est-ce que t'as fait encore ? me demanda Maman en me menaçant avec un rouleau à pâtisserie.

Je lui assurai que j'avais rien à me reprocher.

— Pourquoi t'as peur alors ? J'ai pas élevé de peureux moi !

Très bonne question, pourquoi j'avais peur ? De qui j'avais peur ? Les pensées fusaient alors que je me dirigeais vers la porte d'entrée. Makeda était la dernière personne que je voulais voir. Je ne pouvais me présenter devant elle avec autre chose qu'une victoire. Mais bon, Makeda et moi on avait un deal, ce serait bizarre qu'elle soit venue. Improbable même.

Qui ça pouvait bien être alors ? MDT ? Ça aussi, c'était trop tôt. J'avais peur de lui faire face, d'avoir à le regarder dans les yeux. C'était pas de la peur en fait, c'était de la honte. J'avais honte qu'il voit à travers moi. Qu'il se dise que j'étais une imposture. Pire une pomme pourrie. J'ouvris la porte : une silhouette se tenait là devant moi, le soleil m'empêchait de voir son visage, mais on aurait dit une vision angélique. Au cas où vous l'auriez oublié, Satan était un ange déchu.

LE COME-BACK

Illusion d'optique

Allongé sur mon lit, Ange examinait mon relevé de notes en silence. J'avais pourtant essayé de le libérer. Je lui avais assuré qu'il avait plus d'obligation envers moi. Y avait plus de chantage qui tenait. Au lieu de passer un samedi dehors avec sa blonde, il avait choisi de rester cloîtré avec moi dans ma chambre, sous le prétexte qu'il avait pas nettoyé des chiottes pendant un mois pour rien. D'ailleurs, il avait reçu sa paie entre-temps ; ou devrais-je dire sa pitance. Le montant était à se tirer une balle. Il ne couvrait sûrement pas le coût de la balle.

Pas une seule fois dans la conversation, il ne mentionna le nom de Makeda. S'étaient-ils parlé ? Bien sûr que oui. Ils avaient dû se concerter. Sinon, il aurait pas évité de parler d'elle. Il m'aurait demandé pourquoi elle n'était pas là. Que lui avait-elle dit ? La vérité, toute la vérité, rien que la vérité ? J'en doute. Que lui avait-il dit, lui ? Avait-il essayé de la convaincre de revenir ? L'avait-il snobée quand il avait compris qu'elle reviendrait pas ? Peut-être que c'était elle qui l'avait envoyé. Ah, et puis nique, j'avais pas le temps avec ces histoires pour l'instant : j'étais sur une mission.

Ange remettait en cause mon plan d'action, passer la philo à l'oral lui paraissait une bonne idée, mais pas l'histoire-géo. Malgré le schmilblick de la carte, j'avais quand même obtenu 9 sur 20, ça allait être dur de gratter beaucoup plus de points à l'oral. Il voulait que je choisisse une matière dans laquelle je m'étais vraiment planté pour espérer engranger le plus de points possible. J'étais entièrement d'accord avec sa logique, ce qui me laissait avec l'espagnol et l'anglais. Le gars m'écoutait défendre ma décision avec « LE » sourire : « J'étais déjà incapable d'aligner deux mots à l'écrit dans ces deux langues, imagine le désastre à l'oral. » Je le connaissais bien, ce sourire. Et il présageait rien de bon !

Chaque fois qu'il souriait comme ça, je me retrouvais à me sacrifier : soit je devais taper le premier, ou taper la fuite ou taper la discussion avec la meuf « gentille » pour qu'il récupère le numéro de la belle. Le problème, c'est que j'arrivais pas à connecter son sourire à la situ, on était clairement dans aucun de ces cas de figure. Mais bon, apparemment, Monsieur avait une idée en tête ; par respect pour le fait qu'il s'était déplacé, j'allais l'écouter.

Le vrai charme d'Ange réside dans sa capacité à t'attraper dans ses filets. Quand il te parle, t'as l'impression d'être la seule personne qui existe au monde. Plus il s'exprimait, plus ce que j'entendais me plaisait. À tel point qu'à la fin de son speech, je sentais le début d'une crampe dans mes joues à force de sourire. Le gars faisait semblant d'improviser, mais il avait son idée en tête avant de venir, il l'avait peaufinée, affinée, répétée pour me la régurgiter d'une traite, genre naturel. Je buvais son plan comme du petit-lait. (Tout considéré, je retire cette dernière phrase, l'image me dérange.) J'adhérais au plan, ça pouvait marcher !

Assise au fond de la classe, Linh préparait son épreuve d'anglais tandis qu'un autre élève passait son oral. Coupe courte, lunettes rondes, tailleur, tattoos sur les mains et paire de Dr. Martens aux pieds, l'examinatrice avait un style particulier, une sorte de mix entre le London punk des années 80 et Harry Potter. Elle s'adressait à l'élève en anglais uniquement. Le pauvre gars ne comprenait pas grand-chose, heureusement pour lui, son calvaire touchait à sa fin. Enfin presque.

— *On your way out, please tell the next student to come in*, lança la prof.

— Qu'est-ce que vous dites ?

La prof campait sur ses positions, ne parlant qu'en anglais et l'élève ne comprenait toujours pas même si elle répétait la phrase plus lentement avec les gesticulations allant de pair. Le dialogue de sourds durait tellement que Linh se sentit obligée d'intervenir.

— En sortant de la classe, dis au prochain élève d'entrer.

L'élève s'en alla et quelques secondes après, son remplaçant se présentait devant l'examinatrice.

— *Mister Curtis Batubingila, your ID please*, demanda la professeure.

Ange tendit ma pièce d'identité sans hésiter. La prof examina ma photo et la compara avec sa bouille. En règle générale, les Blancs nous voient, mais ils ne nous regardent pas. C'était cette faille qu'on comptait exploiter. C'est sur elle que reposait tout notre plan. Ça pouvait paraître osé, mais, en vrai, on doutait pas une seconde que ça allait marcher. Preuve en est, même cette flipette d'Ange s'était portée volontaire pour aller au front.

Lui comme moi, on a pas assez de doigts pour faire le compte du nombre de fois où des Blancs nous ont comparés à des gars avec qui on avait rien à voir, à qui on ressemblait pas du tout. On a même pris Ange pour mon frère plusieurs fois. Alors que, concrètement, le seul point qu'on a en commun lui et moi, c'est d'être noir.

La prof semblait douter, mais Ange restait droit dans ses bottes et gardait son sang-froid. Ce qui l'embêtait le plus, c'était Linh, qui était assise au fond de la classe. Il la sentait le regarder. Comment allait-elle réagir ? Allait-elle le balancer ? J'avais pas jugé utile de lui dire qu'elle et moi, on s'était rabibochés. Il était resté sur le « Je te pisserais pas dessus même si tu prenais feu ».

La panique commençait à le gagner et la prof, qui avait remarqué les gouttes d'eau perler sur son front, considérait le comportement d'Ange comme suspect. Linh avança vers elle et Ange, elle le regardait dans les yeux avec un sourire sur les lèvres. Ange songeait à prendre ses jambes à son cou, mais restait planté sur place malgré lui.

— Tiens, *Curtis*, ton stylo, j'en ai plus besoin.

Ange faillit ne pas réagir à la mention de mon prénom, mais Linh avait été assez gentille pour joindre le geste à la parole. Elle lui tendait un stylo qu'il accepta comme une offrande. La prof, qui observait la scène, réprimanda les deux élèves pour avoir parlé français dans sa classe, avant de rendre ma carte d'identité à Ange.

— *You have 20 minutes to prepare for the exam. You can sit there.*

Linh venait de me sauver, elle avait dissipé tous les doutes de la prof. Restait plus qu'à Ange d'assurer. *Oh boy*, qu'est-ce qu'il a assuré !

Alors que M. Gomis se préparait à fermer la salle des profs, il tomba sur la prof d'anglais en train de taper furieusement sur son ordinateur. Elle se plaignait de l'Éducation nationale, de cette putain de mentalité française à la con qui considérait que l'excellence n'était pas à la portée du commun des mortels : avoir à justifier d'un rapport le fait qu'on veuille mettre 20 à un élève était d'une logique déplorable selon elle.

— T'as qu'à mettre 19,5, lui répondit M. Gomis.

— Le gosse mérite 20, DONC J'ÉCRIS CE FOUTU RAPPORT.

Pris en otage, Mr Gomis dut attendre qu'elle finisse pour fermer le bureau derrière elle.

M. Gomis marchait avec la prof d'anglais dans les couloirs quasi vides du lycée, dans le silence le plus complet. Elle avait tenté, par le passé, de faire de lui son ami noir gay comme dans les séries américaines, mais M. Gomis ne mangeait pas de ce pain-là. Caillera un jour, caillera toujours. Quelle ne fut pas sa surprise quand il lui adressa enfin la parole.

— C'est quand même bizarre qu'un élève à qui tu mets 20 à l'oral se retrouve au rattrapage ?

— Ça m'étonne pas le moins du monde. Un bon tiers des gosses qu'on reçoit en terminale ont des difficultés de lecture.

C'était une hypothèse plausible, mais l'instinct de M. Gomis le rappelait à l'ordre.

— Comment il s'appelle, l'étudiant en question ?

— Batu, Batin.

— Batubingila, énonça M. Gomis, l'air grave, en l'agrippant par les épaules.

La prof acquiesça machinalement. M. Gomis se mit à courir dans les couloirs de l'établissement.

Garé sur le trottoir face au lycée, je pouvais voir Ange discuter tranquillement avec Linh. J'attendais patiemment derrière le volant du van alors qu'il enregistrait son portable. Saoulé, je tapai timidement sur le klaxon. Il prenait trop ses aises à mon goût, y a rien de bon à trop traîner sur les lieux du crime. Ange finit par enlacer Linh dans ses bras tout en m'adressant un regard coquin genre : « T'aimerais bien être à ma place, hein ». Pff, le gamin !

Quand M. Gomis arriva dans la cour, le van passa sous son nez, sans qu'il puisse se douter de rien. Galvanisé par la réussite du plan, Ange ne tenait plus en place. Il augmentait le volume de la musique, chantait à tue-tête, passait la tête à travers la vitre pour se faire gifler par le soleil et le vent.

Une vieille passante qui promenait son chien l'observait. C'était ce genre de regards qu'Ange n'aurait pas pu traduire avant son altercation avec la police. Le genre de regard qui dit : « Hey Doudou Bwana, reste à place ! » Ange y répondit avec un grand sourire et lui demanda de ne pas oublier de ramasser la crotte de son chien.

Je m'empressais de baisser le son. Ange protesta, je l'invitai à mater dans le rétro. Il se rassit sagement tandis qu'un van de police se mettait à notre niveau. Le policier qui conduisait jeta un œil dans notre direction. Le fils du pasteur, qui avait remis ses lunettes entre-temps, salua l'officier d'un hochement de tête, l'officier ne répondit pas. Ange attendit que le véhicule de police s'éloigne pour faire un bras d'honneur dans le rétroviseur. J'étais fier comme un papa dont l'enfant venait de faire ses premiers pas.

Être ou ne pas être

Makeda éclata de rire quand elle apprit que je m'étais mis en tête de passer l'épreuve de philo tout seul. Ange m'expliquerait plus tard qu'il était parti se réfugier dans ses jupons à la recherche d'une solution et qu'elle lui avait conseillé calmement de me faire confiance avant de se transformer en Maman hystérique dans la seconde d'après.

— ASSA, VIENS QUE JE TE FASSE TES CHEVEUX !!!

Ange se rongeait les ongles jusqu'au sang tandis que Makeda le taquinait gentiment ; personne n'aurait pu croire en le voyant, qu'à la base, il ne voulait pas s'impliquer. Il mettait sa déception sur le compte de son dur labeur. Il n'avait définitivement pas nettoyé des chiottes tout l'été pour rien ?! Makeda, qui voyait clair dans son jeu, ne tarda pas à le recadrer.

— Personne n'est dupe, si tu te donnes tant de mal, c'est pas pour les chiottes, mais parce que Curtis, c'est ton ami. Y a pas de honte à l'admettre.

— Et toi, si c'est ton ami, pourquoi t'as décidé de l'abandonner ? contre-attaqua Ange.

Ses paroles firent mal à Makeda comme un début de règles. Elle avait gardé pour elle la raison de son renoncement. Elle ne lui devait ni explications, ni excuses. Ni à qui que ce soit. Malgré cela, elle se sentait comme une hypocrite. C'était elle qui avait fait endosser la faute à MDT. C'était elle qui avait fait la morale à Tantine Christelle pour finalement accomplir tout le contraire de ce qu'elle avait prêché.

— ASSA !!! se mit à crier Makeda à bout de patience.

Sentant qu'elle avait poussé sa grande sœur à bout, Assa vint dans le salon et s'assit sur le coussin placé entre les genoux écartées de sa grande sœur. Alors qu'Ange se décidait à partir, Makeda enleva le foulard que sa sœur portait sur la tête laissant apparaître, au grand jour, la prothèse auditive implantée dans son crâne.

Ange ouvrit la bouche en grand à la vue de l'appareil. Makeda lui aurait bien collé une tarte. C'était pourtant pas la première fois qu'il voyait ce truc ! Qu'est-ce qu'il avait à regarder sa sœur comme ça ? Assa était déjà assez complexée comme ça sans qu'il en rajoute. Les yeux hostiles de Makeda croisèrent ceux d'Ange et elle finit par joindre les deux bouts : si son intuition était bonne, Curtis passerait la philo haut la main.

Ange s'agenouilla comme s'il me faisait une demande en mariage sauf qu'au lieu de me mettre la bague au doigt, il plaça une boule dans ma main et me fit signe de la mettre dans mon oreille. Pendant ce temps, Ange ouvrit la fenêtre et fit un signe. Et là, comme par magie, j'entendis une voix familière me susurrer à l'intérieur de mon crâne : « Je t'ai pas trop manqué ? »

C'était un truc de fou malade ! Je courus à la fenêtre et vis Adem posté au beau milieu de la cité, pourtant il me parlait comme si on était dans la même pièce. D'en haut, je voyais ses lèvres bouger et je recevais son message avec un léger décalage. Je leur demandais où est-ce qu'ils avaient trouvé ce truc. La double réponse fut courte et sans appel.

— Le Darknet.

Ça faisait un moment que je savais que la confusion sur la carte avait été orchestrée par Makeda, mais j'avais pas trouvé en moi le courage de m'excuser auprès de mon petit reuf. C'était un cercle vicieux : plus les jours s'écoulaient, plus je trouvais mon comportement impardonnable. Moins j'avais le courage de franchir le pas. Mais là, j'avais plus le choix. Je me retrouvais à sonner à son appart avec l'insistance d'un huissier. Je pouvais sentir une présence derrière la porte. Je me mis à sonner de plus belle. MDT finit par ouvrir. Pas un mot ne sortait de sa bouche.

— Je voulais te remercier pour les boules.

— Remercie Makeda. C'est elle qui les a payées !

J'étais figé par cette nouvelle révélation, MDT en profita pour tenter de fermer la porte, mais je l'en empêchai. C'était le branle-bas de combat. Pendant que j'essayais de la maintenir ouverte, je lui lâchai ce que j'avais à lui dire.

— Écoute, j'ai déconné. Le truc avec la carte, c'était pas ta faute ! Et même si ça l'avait été, j'aurais pas dû te parler comme je l'ai fait.

— T'aurais jamais parlé comme ça à un autre membre de l'équipe.

— T'as raison... Et je m'en excuse.

Je sais pas si c'était moi qui étais parvenu à imposer ma force ou s'il avait arrêté de se battre – peut être un peu des deux, mais on se retrouva face à face. Un peu essoufflés. MDT m'observait, sans mot dire, le regard farouche.

— Ça fait beaucoup d'excuses en une seule journée, marmonna-t-il.

Comme à son habitude, MDT pouvait pas s'empêcher d'en dire trop même quand il disait pas grand-chose. Makeda s'était donc excusée. Même dans ces trucs-là, elle est plus rapide que moi.

— T'acceptes mes excuses ?

La réponse se fit attendre et les secondes paraissaient aussi longues que des minutes. Je me retrouvais à poil. À poil, comme quand j'avais demandé à cette bourge de Lucie Favier en CM1 si elle voulait bien être ma copine. Parfois, le silence est une réponse en soi. Mais là, on était dans un cas de figure un peu différent : Monsieur ne pouvait pas, il ne voulait pas se rendre aussi facilement.

En guise de réponse, il se contenta de hausser les épaules. Je l'attrapai par les bras. Il finit par accepter mon étreinte. Par me la rendre même. Je sentis un regard nous juger. Ange nous avait pris en flagrant délit de démonstration d'affection. Quand je tentai de le choper pour qu'il nous rejoigne dans notre étreinte fraternelle, il nous fuit comme la peste. Je suppose que tout ça, c'était un peu trop pour lui. La petite nature !

La caverne

J'avais décidé de venir au lycée en transports pour ma dernière épreuve. Pas de musique, pas de distraction, fallait que je reste alerte. J'étais préparé et même si, jusqu'ici, pas grand-chose s'était passé comme prévu, je me sentais étrangement zen. On espère toujours le meilleur, mais les choses peuvent vite tourner au vinaigre. J'avais prié le Seigneur comme je le faisais avant chaque méfait. Quitte à faire du « sale », vaut mieux l'accomplir dans de bonnes conditions.

Le professeur de philo était un peu trop laxiste à mon goût, il regarda à peine ma carte d'identité, ne me demanda pas d'enlever le bandeau qui était là pour cacher mes « boules », ne s'embarrassa pas à dire mon nom correctement. Je le corrigeai, c'était plus fort que moi, mais le gars me donnait même pas l'heure. Il stabilota quelques lignes d'un texte avant de me le filer.

— T'as 20 minutes pour te préparer.

En quelques secondes, le bâtard avait niqué tout mon capital zen.

Je m'assis sur le siège de celui qui allait passer son oral avant moi, reconnaissant du fait qu'il avait chauffé la chaise. Je sortis discrètement la boule de ma poche et l'insérai dans mon oreille en feintant d'admirer les rayons du soleil à travers la fenêtre. Quand soudain une ombre pénétra dans la pièce. Je retirai la boule aussitôt.

Assis à l'arrière du van, ordinateur sur les genoux, MDT attendait un signal qui ne venait pas.

— C'est bizarre, il venait de se connecter, mais là y a plus rien.

— Peut-être qu'il y a plus de batteries, proposa Adem sans y croire.

— Impossible, j'ai vérifié encore ce matin, répondit MDT, offensé par la suggestion.

— Du coup, on fait quoi ? demanda Ange, clairement nerveux.

— Y a pas grand-chose à faire, rétorqua Adem dans ce qui sonnait comme de la sagesse.

À ce moment-là, les trois acolytes, aux abois, regrettaient tous l'absence de Makeda.

« Toc, toc, toc. » Quelqu'un toqua à la porte du van, provoquant une certaine panique à bord.

C'était mon tour ! J'avançai comme un zombie vers le bureau du prof de philo. Assis à côté de lui était installé M. Gomis, qui m'avait fait l'honneur de sa présence. Moi qui pensais qu'il partirait une fois qu'il se serait assuré que j'étais bien MOI. Nan, il comptait rester jusqu'au bout. Je pense pas que c'était « légal », mais si jamais je me plaignais, ça voulait dire que j'avais quelque chose à cacher.

La première chose que le responsable de la vie scolaire me demanda fut d'enlever mon bandeau. Le coup des boules, avec lui, c'était mort de chez mort. Je me retrouvais seul. Seul comme quand je suis arrivé dans ce monde. Seul comme quand j'allais en repartir. Ha, ha !, je faisais de la philo avant même que l'épreuve n'ait commencé.

Alors que je prenais siège face à mes examinateurs, la porte s'ouvrit sans prévenir. Linh ! Mais qu'est-ce qu'elle foutait là, elle ?! Elle nous observa juste assez longtemps pour imprimer l'image de M. Gomis dans sa rétine. Je l'observais juste assez longtemps pour voir s'imprimer la peur sur son visage. Elle avait peur pour moi. Malgré tout, ça me faisait plaisir qu'elle me rappelle que je me plantais sur toute la ligne. J'étais pas tout seul. J'avais toute une équipe qui me soutenait, me donnait de la ce-for. Plus qu'une équipe. J'avais des potes.

— Je me suis trompée de salle, bafouilla-t-elle en s'excusant avant de refermer la porte derrière elle.

M. Gomis fixa encore la porte après son départ.

— Qu'est-ce que vous pouvez nous dire sur l'allégorie de la caverne, monsieur Batubinjila ?

Je me mordais les lèvres pour m'empêcher de corriger le prof. Mais j'ai même pas eu besoin de le faire, M. Gomis s'en chargea. Il avait beau être de l'autre côté, ça restait un des nôtres.

Quand Linh annonça à la fine équipe que M. Gomis était dans la salle d'examen, ce fut la douche froide. Même MDT qui se la jouait flegmatique jusque-là ne put s'empêcher de baisser les bras en apprenant la nouvelle. Adem me raconterait bien plus tard qu'Ange sortit du van et se mit à parler seul et à gesticuler en direction du ciel. MDT, Adem et Linh le regardaient comme s'il avait perdu la tête. C'est uniquement quand il conclut son coup de gueule par un « Amen » qu'ils comprirent qu'il venait de faire un plaidoyer en ma faveur auprès du grand barbu ou de la grande barbue ou même pas barbue d'ailleurs. Bref, vous voyez ce que je veux dire.

— L'allégorie fonctionne sur une opposition entre la demeure souterraine qui est sans lumière et le monde d'en haut, celui où la lumière du soleil brille. Le premier lieu est celui de l'enfermement, de l'ignorance et des apparences, le deuxième, celui de la liberté, du savoir, du réel. Par le biais de cette image, Platon tente de nous montrer que notre rapport au réel est imaginaire. Il est coopté par une langue qui limite, un milieu culturel qui délimite, des gens qui imitent. En définitif, nos pensées ne sont pas nos pensées, mais des amalgames d'opinions d'autres que Platon appelle la doxa.

M. Gomis gardait sa poker face, mais je suis sûr qu'il était impressionné par ce que je venais de déblatérer. En tout cas, moi, je l'étais.

— T'as bien appris ta leçon, concéda le prof avant d'ajouter : Mais qu'est-ce que t'en penses, toi ?

On avançait en terre inconnue. Ce qui est bien avec l'impro, c'est que t'as pas besoin de réfléchir.

— J'ai été touché par l'idée de la caverne et j'envie l'optimisme de Platon. Moi personnellement, je suis un peu plus sceptique, cynique même. Je pense que les gens sont activement maintenus dans l'ignorance y compris par ceux qui prétendent libérer la masse. La question que je n'ai pas arrêté de me poser en parcourant ce texte est : d'où parle Platon ? En lisant à son propos, je me suis rendu compte qu'il était d'extraction aristocratique. Ce qui n'est pas étonnant parce que après tout : on ne peut pas philosopher le ventre vide. Cependant, je pense que le discours de Platon est théorique, élitiste et aussi déconnecté de la réalité qu'un politicien qui ne connaît pas le prix d'une baguette.

Je sentais bien que j'avais fâché le prof en parlant de Platon de cette façon, mais, encouragé par les mouvements de tête que M. Gomis faisait bien malgré lui, je continuai sur ma lancée.

— L'idée de revenir dans la caverne pour dispenser son savoir après avoir été mis en contact avec le soleil m'a interrogé sur la verticalité du savoir. Historiquement, les soi-disant détenteurs du savoir, c'est-à-dire les prêtres, les politiciens, les professeurs, ont souvent un agenda quand ils le distillent : celui de s'enrichir et/ou de se maintenir en position d'autorité. Il ne faut pas oublier que les religieux ont cautionné l'esclavage. Les politiciens, eux, tentent de faire de nous des citoyens corvéables à merci. Et les professeurs sont complices malgré eux d'être les petites mains, les gardes de la prison mentale dans laquelle les politiciens veulent nous maintenir. Preuve en est, ce sont les politiciens et pas les enseignants qui sont en charge du programme éducatif.

M. Gomis ne tenait plus en place. Il avait beau avoir quitté le quartier, le quartier était en lui. Et ce que je venais de faire en impliquant les profs dans mon exposé, c'était une attaque personnelle. Il regardait le prof de philo comme pour lui dire : « Tu vas vraiment le laisser te parler comme ça ? »

— Tu parlais de verticalité du savoir. Qu'est-ce que tu proposes à la place ? m'interrogea l'examinateur, curieux.

— Un simple dialogue ! Prenons les politiques urbaines des villes en exemple. Ce n'est pas normal que des architectes dans des bureaux du centre-ville prennent des décisions qui nous affectent au quotidien sans même savoir quel est notre quotidien. Ne faudrait-il pas consulter les gens d'abord avant de construire ce genre de bâtiments, afin de savoir quels sont les besoins ?

Je m'exprimais encore une dizaine de minutes jusqu'au moment où le chrono se mit à biper. L'épreuve touchait à sa fin. J'avais survécu. À en voir la mine de Gomis, j'avais fait plus que survivre.

— Et vous, d'où parlez-vous ? me demanda le professeur.

— Comment ça ?

— Vous avez dit que vous étiez curieux de savoir d'où Platon parlait… D'où parlez-vous ?

Je cherchai mes mots. Puis finalement, je posai ma jambe sur le bureau et soulevai mon pantalon à la hauteur de ma cheville pour mettre en évidence mon bracelet électronique.

— Je parle de la caverne.

Les hommes mentent, les femmes mentent, pas les chiffres

J'avais insisté pour qu'Ange m'emmène chez le coiffeur. Et toute l'équipe était venue avec moi. Je tenais à me faire couper les cheveux avant de repartir en taule. Chaque fois qu'une de mes boucles touchait le sol, je grimaçais comme si je perdais une partie de mon super-pouvoir. Comme si j'admettais le conformisme, la défaite. Pourtant j'avais gagné, y a aucune honte à perdre en ayant tout donné !

Après le barber, on s'est garés devant le lycée et on s'est mis à observer en silence le va-et-vient des élèves. Ils jouaient des coudes pour accéder à un petit tableau en espérant voir leur nom sur la liste. La fameuse liste de ceux qui ont eu leur bac. J'avais vu dans un doc Arte que 93 % de notre communication passe dans le non-verbal. Et ça se confirmait : les résultats à l'exam pouvaient se lire à travers le langage corporel. Certains levaient les bras au ciel, d'autres baissaient la tête ou les épaules ou les deux. Pas besoin de plus pour comprendre.

Dans le van, l'ambiance était funéraire. Tout le monde faisait une tête d'enterrement, excepté Ange. Le gars s'était transformé en apôtre de la pensée positive. Et il y avait risque de contagion. Quand il évoquait le fait que

M. Gomis n'allait peut-être pas interférer dans ma notation de philo, je voyais les têtes de MDT et d'Adem se relever, pleines d'espoir. Je contre-argumentais froidement que ça servait à rien de se faire des films. C'était mort, fallait se faire une raison. Et les têtes se rabaissaient aussitôt.

J'aimais pas la position de rabat-joie dans laquelle je me trouvais. Mais il était de ma responsabilité de pas susciter de faux espoirs. Je sortis du van pour aller confirmer les résultats en prévenant mon gang que la mauvaise nouvelle à venir devait pas nous empêcher de nous enjailler ce soir-là ! J'avais appelé Moutoux pour lui demander la permission de minuit qu'elle m'avait accordée volontiers.

Je me dirigeais vers le mur des lamentations en mode preux chevalier. Mais bon, tout ça, c'était pour la posture. Je me savais observé, fallait faire bonne figure. J'avais beau la jouer cool, j'étais dèg. Pour moi, bien sûr, mais surtout pour tous les efforts que mes amis avaient fournis. Je m'en voulais, j'arrêtais pas de me refaire le match dans la tête : si je m'étais mis à la philo avant, on en serait sûrement pas là aujourd'hui. Ah, j'aurais tout le temps de ruminer dans ma cellule : quand t'es enfermé 22 h sur 24, t'as le temps de refaire le monde. Mais pour l'instant, j'étais encore dehors et je comptais bien en profiter.

Je tombai sur Linh en chemin. Pas besoin de lui demander si elle l'avait eu ou pas, le rimmel qui coulait le long de ses joues me racontait tout ce que j'avais à savoir. Malgré tout, elle s'efforçait de garder le sourire. Elle ouvrit grand les bras à ma vue, je la pris dans les miens. Je sais pas quand exactement on avait atteint ce stade d'intimité, mais juste pour l'odeur de son parfum, je regrettais pas le hug, elle sentait trop bon.

L'année était tellement merdique qu'elle aurait kiffé terminer sur un happy ending. Je tentai de la rassurer en lui disant qu'il y avait toujours l'année prochaine. Elle répondit par une mini crise de colère.

— Si une meuf veut chialer, faut la laisser chialer !

Ça me rappelait une phrase de Steeve : « Les femmes ne veulent pas forcément des solutions, parfois elles veulent simplement se sentir écoutées. » Il ne me restait plus qu'à m'incliner et à laisser l'épaule, sur laquelle elle reposait sa tête, se transformer en Kleenex géant.

Tandis que je réconfortais Linh, mon regard croisa celui de M. Gomis qui nous observait depuis une fenêtre de l'établissement. Il avait la gueule des mauvais jours. Ce qui n'avait pas de sens. À moins que, peut-être… Se pourrait-il que… j'aie mon bac ?! Ou peut-être que le sadique m'avait vu avancer trop sereinement vers la potence et qu'il voulait instiller un dernier espoir en moi avant de le voir s'éteindre sous ses yeux. Ou peut-être que je me tapais un film pour rien : comme le disait si bien Makeda, le monde ne tourne pas autour de moi. Mais le mal était fait, je m'étais mis à espérer. Je me retrouvai malgré moi à jouer des coudes pour avoir une vue sur ce foutu tableau. Je cherchai mon nom. Même mal orthographié. Je me tournai vers Linh. Elle souriait comme pour me confirmer que mes yeux ne me trahissaient pas. J'avais mon putain de bac !

J'expirai un grand coup pour évacuer toute ma joie. Pas question de me donner en spectacle, fallait que je garde mon cool avant de rejoindre le gang. Pas par altruisme, mais plutôt par considération pour tous ces losers. Les renois et la restreinte, ça va pas ensemble. Autant on sait souffrir en silence, mais, pour le reste, faut pas compter sur nous : on baise fort, on danse fort et quand on rigole, ça se roule par terre, ça court dans tous les sens comme des coqs sans tête, ça vit, quoi !

Je regardais le sol comme un pénitent pendant tout le trajet qui menait au van. Tant et si bien que j'ai même pas eu besoin d'inventer un quelconque mytho concernant l'issue de l'affaire. Pour mes potes, ça faisait aucun doute que j'avais pas décroché le sésame. Quand j'arrivai à destination, tous mes gars me prirent dans leurs bras un à un. J'avais l'habitude avec MDT, il a toujours été tactile. Mais avec les autres, c'était un peu chelou. Des hommes noirs qui se touchent, pour faire autre chose que se taper dessus, dans une société qui a toujours perçu nos corps comme le summum de la virilité, de la sexualité, de la bestialité, c'était gênant, même pour nous. Seul le « deuil » rendait un de ces rares moments d'affection masculine acceptables à nos yeux. C'est fou à quel point on avait intériorisé les stéréotypes à notre sujet. À croire que ce que les autres disent de nous est vrai.

Je m'installai à l'intérieur du van, Ange démarra le moteur et augmenta le volume du chant gospel qui sortait des enceintes du tacot. Il avait besoin de remettre sa déception dans les mains réconfortantes du Seigneur. Quand je vous disais que si Dieu n'existait pas, faudrait l'inventer. Linh choisit ce moment pour venir taper à la vitre. Avant qu'elle puisse dire quoi que ce soit, Ange se proposa de la déposer chez elle. Elle n'hésita pas un instant. Apparemment, être seule avec quatre gars dont trois renois à l'intérieur d'un van ne lui faisait pas plus peur que ça. Cool.

— Vous allez faire quoi pour célébrer son bac ? furent les premières paroles qui sortirent de sa bouche.

Silence radio dans le van. Je gardais mes yeux sur mes genoux pour pas avoir à me confronter au poids des regards braqués sur moi. Ange coupa le moteur, la musique, et invita Linh à répéter, ce qu'elle fit innocemment. Je levai la tête, mais aussi le frein à main par simple mesure de sécurité. Mon sourire en coin était suffisant pour allumer le feu.

Ça y est, c'était parti : Ange me poussa à plusieurs reprises. Adem et MDT commencèrent à sauter les uns sur les autres comme si on était dans un pogo. C'était tellement contagieux que même Linh se joignit à l'ambiance, au risque de décoller l'omoplate qui venait à peine de se remettre. J'imaginais le van de l'extérieur en train de bouger dans tous les sens. J'espérais que Gomis le voyait de sa fenêtre…

Le dernier souper

On est arrivés au restaurant de Mère Tina sapés comme jaja. J'étais habillé en mode street chic : tee-shirt noir, pantalon pinces et paire de Stan. Adem portait son uniforme, la sempiternelle chemise qui laissait entrevoir son torse épilé, elle était en lin cette fois, aux pieds, une paire de sandales espagnoles qui laissaient entrevoir ses orteils. Ange était sapé en dictateur congolais avec un abacost et des souliers vernis. Franchement qui met des souliers vernis à 19 piges ?! Linh arborait une robe moulante. Et MDT… MDT, il portait des vêtements. Quand je regarde les choix vestimentaires de mon petit, j'me dis que j'ai failli à son éducation. Lui, là, il s'fera refouler du paradis des sapeurs. C'est sûr !

Le succès du restaurant ne se démentait pas, y avait encore une queue de bâtard. Pour éviter les protestations des clients qu'on dépassait en toute allégresse, on faisait semblant de parler anglais. Enfin, Ange parlait anglais et on faisait semblant de comprendre ce qu'il racontait. Ça passait crème. Je te jure, si les Français aimaient leurs propres Noirs autant qu'ils aiment les Noirs américains, il ferait bon vivre ici. Nous aussi, on les a sauvés des Allemands.

Au bout de quelques minutes, on était installés à notre table sur la terrasse. J'étais entouré par mes acolytes comme le Christ de ses apôtres, il manquait plus que Judas ! Enfin

Makeda. Je lui avais envoyé un message pour la prévenir de notre petite soirée. Message auquel elle n'avait pas daigné répondre. De toute façon, on avait un deal, j'avais accompli ma part, j'attendais qu'elle en fasse autant, en se pointant.

Ange nous saoulait avec son nouveau sujet de prédilection : les Blancs. Depuis son contrôle d'identité, il était passé d'un extrême à l'autre, d'un monde où les Blancs ne sont responsables de rien, à un monde où ils étaient la cause de tous les problèmes. Je vous jure qu'il y a rien de plus chiant que les nouveaux convertis. Ils en font toujours trop. Les gars qui vont se faire exploser, ce sont les mêmes qui ont découvert la religion y a deux jours.

Ça faisait quarante minutes qu'on était à table et toujours aucun signe d'elle. J'étais à l'affût du moindre mouvement. C'est d'ailleurs comme ça que j'ai pu prévenir Ange d'arrêter de parler quand le serveur s'est pointé sans prévenir. La dernière chose que je voulais, c'était qu'il aille se plaindre à ma tante d'être victime de racisme « antiblanc », pour peu que ça existe.

— Vous désirez autre chose ? osa-t-il timidement.

Je demandais une assiette de makembas. À peine le serveur parti, Ange reprit son bitchage là où il s'était arrêté. Le Muscador aidant, sa parole coulait à flots.

— Une simple guerre, ça les intéresse pas, il faut qu'elle soit mondiale. Mieux, il en faut deux. Avoir une bombe, c'est cool, mais ce serait quand même plus cool si elle était atomique ? Arrêter de foutre du plastique dans l'océan et de déforester la planète, pourquoi ? Non, allons plutôt coloniser Mars.

Bon, je savais que c'était la frustration qui le faisait parler de la sorte, mais fallait le challenger un peu.

— OK, une fois que t'as dit ça, qu'est-ce que tu proposes ?

— On parle de nous comme des minorités, mais sur 7 milliards de terriens, y a combien de milliards d'Occidentaux ? 1 milliard et demi. Allez 2 à tout casser. Si on met rien que les Africains, les Indiens et les Chinois ensemble, s'excitait Ange en pointant Linh du doigt, vous imaginez la dinguerie qu'on pourrait faire.

— Je suis pas chinoise, je suis d'origine vietnamienne.

Ange haussa les épaules comme pour dire que c'était la même.

— Si les Noirs et les Asiatiques faisaient une alliance, on serait quoi ? 4 milliards facile ! continua-t-il.

J'aimais pas trop la direction que son monologue prenait, il était temps de remettre les pendules à l'heure.

— Une alliance pour quoi ? Et surtout contre qui ?

Ange haussa les épaules à nouveau sans prendre la peine de répondre à ma question.

— Tu sais très bien de qui je parle, répondit Ange, frustré.

Linh qui avait compris mes intentions, reprit la balle au bond :

— Bah, dis les termes, qu'on sache tous à quoi s'en tenir.

— Les Blancs, chuchota Ange après s'être assuré que personne ne nous écoutait.

— Donc en gros, tu nous proposes rien de plus original que le « Jihad » ? conclut Adem avec ironie.

Avant qu'Ange n'ait le temps de protester, mon petit reuf était déjà sur ses côtes.

— Et qu'est-ce que tu fais de moi… et de lui, renchérit MDT en pointant du doigt le serveur qui venait d'arriver. La tension était à son paroxysme. Je me délectais du spectacle tout en disant qu'on reprendrait plus Ange à raconter de telles conneries. Le serveur, qui n'avait qu'une envie, se barrer, se tourna vers moi pour savoir :

— C'est pour qui les makembas ?

— C'est pour moi, répondit Makeda en libérant le serveur de l'assiette.

Et comme ça, d'un coup d'un seul, toute la tension était retombée. On a tous éclaté de rire à l'unisson, admiratifs du timing de Makeda.

Au bout de quelques heures, je me décidai à prendre ma flûte de champagne et à tapoter mon couteau dessus pour faire un toast, comme je l'avais vu dans plein de films américains.

— Vous inquiétez pas, je vais la faire courte, je dois conserver ma voix pour le karaoké de tout à l'heure. Déjà je voulais vous informer que je compte candidater à l'école d'ingénieur de Villeneuve.

Les applaudissements fusèrent.

— Tranquilles, les gars, j'ai peu de chances d'être pris… Bon, comme vous le savez, j'ai pas vraiment révisé pour mon bac. Mais j'ai quand même retenu UNE leçon que je garderai avec moi peu importe où j'irai : la life, c'est pas une histoire de péripéties, d'aventures, c'est une histoire de gens. De ces gens qui te portent quand t'es au plus bas. De gens qui te tendent la main quand tu tombes dans le vide. De gens qui marchent à tes côtés, peu importe les circonstances. Dans un monde où des personnes crèvent tous les jours de solitude, d'indifférence ou de manque de solidarité, j'ai la chance de pouvoir dire que je marche à plusieurs. Je voulais porter un toast à ça !

La vengeance est un plat qui se mange froid

Je suivais du regard les fesses de Linh qui me guidaient gentiment vers la sortie du resto. Juste derrière moi, Makeda, qui marchait à deux à l'heure à cause de ses talons, s'appuyait sur Adem pour avancer. Si la bouffe la faisait danser, l'alcool la rendait triste. Elle était déjà en mode full nostalgie alors que la nuit venait à peine de commencer.

— J'arrive pas à croire que ce soit déjà fini. C'était le meilleur été de ma life !

— J'avoue, je suis content comme si c'était moi qui avais eu le bac, reconnut Adem.

Les talons oubliés, Makeda sautait sur le trottoir, en tapant des mains pour qu'on lui donne toute notre attention. Elle venait d'avoir une idée de génie (ou de soûlaud, tout dépend où l'on se situe), l'année prochaine, on allait « aider » Adem à avoir son bac.

Le principal intéressé ne semblait pas si intéressé que ça. Mais Makeda était déjà en train d'assurer le recrutement : MDT avait donné son feu vert, Ange était pas contre. Quand je fus enfin questionné sur le sujet, je répondis par la négative. Tout le monde se mit à rire croyant que je blaguais, mais ce n'était pas le cas. Je plaidais auprès d'Adem pour qu'il obtienne son bac par lui-même, y a rien de plus satisfaisant que d'obtenir quelque chose par ses propres moyens. Tout le monde se mit à rire à nouveau sauf Makeda, qui me coursait sur le passage piétons, talon à la main pour me planter dans le dos.

Soudain une voiture immatriculée 62 arriva à vive allure.

— Rentrez chez vous bande de sales nègres ! cria l'un des passagers.

J'eus à peine le temps de faire un saut vers l'avant pour éviter la caisse. Sain et sauf, je n'osais pas me retourner, craignant le pire : vu son état et sa proximité avec le véhicule, il était impossible que Makeda s'en soit tirée indemne. Elle avait sûrement été percutée par le pare-chocs avant d'être rattrapée par les roues de la voiture qui l'avaient sans doute traînée sur une dizaine de mètres avant de s'arrêter.

À ma grande surprise, je la trouvai sur le passage piétons, inconsciente, fesses sur le sol, le haut du corps allongé sur les jambes d'Adem. Il avait réussi à la tirer vers lui dans le feu de l'action. Tout le groupe était là, à retenir son souffle, y compris les occupants de la voiture qui s'était arrêtée une dizaine de mètres plus loin.

J'avançai vers Makeda, m'agenouillai à ses côtés et lui tapotai la joue doucement. Aucune réaction de sa part, mais j'en avais pas terminé avec elle. Moins elle réagissait, plus je tapais fort. Finalement, une main ferme attrapa mon poignet pour signifier que je devais arrêter. Les yeux toujours fermés, le sourire aux lèvres, elle s'adressa à moi avec une voix sortie d'outre-tombe.

— T'as eu peur hein ?!

Espèce de connasse !!! Je lui redonnai une dernière petite baffe pour la forme.

Scandalisé par mon acte, Adem me dégagea de là pour aider Makeda à se relever. Ange, Linh et MDT se remirent tous à respirer alors que moi, fou de rage, j'étais déjà concentré sur la bagnole des agresseurs. Après s'être assurés que Mak n'était pas morte, les passagers du véhicule tentaient de fuir en passant au feu rouge. C'était sans compter sur une voiture sortie de stationnement quelques secondes auparavant qui se positionna juste devant la leur et leur barra la route.

J'avais 30 à 45 secondes avant que le feu passe au vert, 30 à 45 secondes pour leur défoncer leurs mères. Sans en perdre une seule, Makeda s'interposa entre moi et mes proies et me balança les talons avec lesquels elle avait essayé de me planter quelques secondes auparavant. Y a pas eu d'échanges de paroles, mais le message était clair : elle ne voulait pas que je me salisse les mains. Ange me refila ses lunettes, Adem fit carrément tomber la chemise. Puis tout le monde se mit naturellement à former un cercle autour d'elle, on attendait ses instructions. Makeda, quant à elle, avait les yeux tournés vers MDT.

— Alors, c'est quoi, le plan ?

Tous les regards rivés sur Makeda jusque-là changèrent de cible pour s'appesantir sur mon petit frère. Pris sous le feu des projecteurs, MDT, qui ne comprenait pas la passation de pouvoirs qui venait de s'opérer, se mit à bégayer.

— Tu voulais leur éclater la gueule, nan ?! renchérit Makeda.

MDT restait terré dans son mutisme. Ange, exaspéré, cachait à peine son impatience.

— Le feu va pas rester rouge éternellement.

— Ferme là, je m'entends pas penser ! lui répondit le petit frère.

On était tous surpris, MDT le premier, mais il était trop tard pour faire marche arrière.

— T'AS DIT QUOI ?! demanda Ange, incrédule.

— Assure-toi que le conducteur ne puisse ni sortir du véhicule, ni le démarrer, lui ordonna MDT sans sourciller. Adem, Makeda, on s'occupe du reste des passagers. Et Curtis, tu surveilles nos arrières.

Le plan était simple, précis et concis. Des qualités que je pensais trouver partout sauf chez mon petit.

Mais la grande surprise, c'est le cri de guerre qu'il avait improvisé sur le moment.

— À 3, on leur défonce leurs mères. 1, 2, 3 !!!

— ON LEUR DÉFONCE LEURS MÈRES !!!

L'énergie était telle qu'on s'est tous mis à crier, même Ange qui a l'habitude de se croire au-dessus de ce genre de trucs. MDT se mit à charger vers la voiture : tous le suivirent sauf Linh et moi qui observions la scène de loin.

— Pourquoi t'y vas pas ? me demanda-t-elle en s'échauffant les poignets.

Je levai mon pantalon avec autant d'appréhension qu'un puceau qui se met à nu devant une meuf pour la première fois et je dévoilai le bracelet électronique autour de ma cheville. Jusque-là, j'avais pris soin de ne pas dire frontalement que j'avais été en prison. Par honte, par gêne, par peur de la décevoir. Mais là, tout était transparent, j'étais prêt pour ce qui viendrait. Peu importe quoi.

— Ah, c'était pas une blague ?!

Linh s'accroupit pour toucher l'engin de ses mains, puis ponctua son inspection par un « COOL » en me faisant un grand sourire J'étais aux anges. Elle se releva, me confia son sac à main.

— Mais tu vas où comme ça ?

— Bah, distribuer des claques !

— Ils ont pas dit sale chinetoque à ce que je sache.

— C'est bien ça, le problème, j'accepte pas qu'on nous ignore de la sorte. T'as entendu Ange, on est quelques milliards quand même.

— Je pensais que t'étais d'origine vietnamienne ?!

Linh m'adressa un clin d'œil, avant de parcourir les cinquante mètres qui la séparaient du groupe. Alors que je la regardais s'éloigner, mon cœur se mit à jouer le tambour. Et une pensée traversa mon esprit : peut-être que c'était elle, mon nouveau challenge ?

Ange, qui avait chopé les clés de la voiture, empêchait le conducteur de sortir. Adem, torse nu, secouait la caisse avec ses mains comme un supporter de l'équipe de foot de l'Algérie un soir de victoire… ou de défaite. Avec les DZ, on sait jamais s'ils sont contents ou s'ils sont vénères. MDT et Makeda distribuaient des coups de pied et des mandales avec un style assez différent : alors que MDT frappait à l'aveugle, Makeda était concentrée et méthodique, pas deux coups avec le même angle d'attaque. Chaque geste de Linh s'accompagnait de cris aigus. Encore une qui s'est butée aux films de Bruce Lee.

Assis derrière le siège conducteur du van, j'avais l'impression d'être au drive-in en train de mater un film de baston hongkongais, le tout sur fond de musique gospel. C'était tout sauf biblique. Tendre la joue, c'est pas mal, mais je dois avouer que mettre des baffes, c'est plus cinématographique. Manquait juste le popcorn. Ah ! là, là ! qui aurait pu imaginer à ce moment-là, que cet instant de plaisir allait me coûter si cher ?

Bijoux de famille

Réveillée par la sonnerie, j'imaginais Maman se lever dans le noir. Seule la lumière scintillante de son alarme lui permettait de se repérer : il était 5 h 04. Sûrement paniquée, elle se dirigea vers ma chambre et trouva mon lit vide. La sonnerie était persistante. Elle s'approcha de la porte avec appréhension.

— C'est qui ?

Sa voix d'habitude si assurée dénotait une pointe d'inquiétude.

— C'est la police.

Elle prit le temps de murmurer une courte prière avant d'ouvrir. À sa grande surprise, elle ne trouva que MDT et moi, sur le palier. Elle nous poussa pour regarder à gauche et à droite à la recherche de flics… qui n'étaient pas là. MDT contenait un fou rire, l'alcool ne me rendait pas aussi audacieux : je me contentais de sourire. Quand Maman finit par comprendre qu'on venait de se payer sa tête, les coups commencèrent à pleuvoir.

— Vous jouez avec moi ! cria ma mère, impuissante.

On était tellement anesthésiés par nos rires qu'on ne sentait rien du tout.

— C'est son idée, je balançai MDT entre deux fous rires.

— N'importe quoi, rétorqua-t-il, hilare.

Bien sûr que c'était son idée. L'alcool aidant, j'avais consenti à jouer le jeu. Si jamais je mourais dans des circonstances suspectes dans les prochains jours, inutile de chercher loin, la responsable serait ma mère. Mais à ce moment, je ne pensais pas à la mort, je ne pensais pas à la fin. À vrai dire, je ne pensais à rien mis à part le moment présent – je me sentais adolescent, je me sentais vivant, je me sentais léger comme si on m'avait libéré d'une charge qui pesait sur ma poitrine et que je pouvais respirer à nouveau.

Ma mère tenta de me gifler, mais j'attrapai son poignet, puis l'autre. Elle tenta de se débattre, mais je pouvais voir dans ses yeux qu'elle prenait conscience de la réalité : j'étais devenu bien trop fort pour elle. Et ça datait pas d'aujourd'hui, si elle avait pu lever la main sur moi, pendant tout ce temps, c'est parce que j'étais consentant. Immobilisée, elle était forcée de me regarder dans les yeux. Je choisis ce moment pour lui annoncer la nouvelle.

— Maman, je l'ai eu. J'ai eu mon bac.

Elle arrêta de bouger, de se défendre, de me menacer.

— J'ai eu mon bac, Maman, je lui redis en posant ses bras autour de ma nuque.

Elle se mit à sourire, puis à le réprimer aussitôt. Elle secouait la tête, émue, comme si ce que je lui racontais n'était pas possible. Comme si tout ce qu'elle attendait de moi était tristesse et désolation. Je hochais la mienne avec vigueur, signe que je ne racontais pas de cracks. Elle se tourna vers MDT pour confirmation.

— C'est vrai ? lui demanda-t-elle en retenant ses larmes.

MDT corrobora la nouvelle. Maman, tout excitée, sautillait sur place, tout en ne manquant pas d'adresser une petite prière à qui de droit. Puis elle avança vers moi, en essuyant ses larmes de joie. Elle posa la tête sur mon torse, me prit dans ses bras, agrippa ses mains autour de mon cou. Je me laissais aller à m'oublier dans son étreinte, dans son odeur. Et là, sans comprendre pourquoi, je me retrouvais à rouler sur le sol, les mains sur mes parties génitales. Ma propre mère m'avait donné un coup de genoux dans l'entrejambe !!! Puutain !!! On est jamais mieux trahi que par les siens.

Mes cris d'agonie rivalisaient avec les rires de MDT qui suffoquait tellement qu'il en avait du mal à respirer. C'était avant qu'il se prenne un coup de babouche dans la gueule, suivi d'un autre et d'un autre. Dépassé par la rafale de coups, il se réfugia dans un coin du couloir pour se protéger. Erreur de débutant. Maman l'avait à sa merci.

— Vous vouliez me donner une crise cardiaque avec vos conneries ?! Je me suis endormie inquiète, j'ai cru qu'il vous était arrivé quelque chose. Bande de petits cons ! Vous connaissez pas le cœur d'une mère… Aujourd'hui vous allez comprendre qui je suis ! Faut pas blaguer avec moi.

La madre était déchaînée.

— VOUS POUVEZ PAS FAIRE MOINS DE BRUIT, IL EST 6 HEURES DU MATIN UN DIMANCHE, LES GENS ESSAIENT DE DORMIR ! cria un voisin en sortant en robe de chambre sur le palier.

La daronne se tourna vers lui, silencieuse, le regard furibond.

— Papa, rentre, steuplait, dit MDT.

En me voyant par terre et son propre fils engouffré dans un coin en train de se protéger le visage, le père de MDT rentra chez lui aussi vite qu'il en était sorti de peur d'être la prochaine victime.

Ghetto guet-apens

Le bruit d'une lettre glissant sous le seuil de la porte me fit sortir de ma sieste. Elle était à mon nom et elle était ouverte, bien sûr ! À l'intérieur, j'y trouvais mon relevé de notes de l'examen du bac. Y avait vraiment pas de quoi rougir, les notes étaient plus que respectables. Le 15 sur 20 en philosophie me rendait tout fier. Par contre, la deuxième note m'angoissait : 20 sur 20 en anglais. Wesh, pourquoi Ange m'avait fait ça ?!

Ça faisait quelques jours que la daronne cherchait la petite bête pour me faire payer la blague de MDT, quelques jours que je faisais profil bas à me terrer dans ma chambre pour ne pas lui donner le bâton pour me faire taper dessus. Mais là, elle avait enfin trouvé le moyen de me tourmenter ! Sur un malentendu, un 12 ou un 13, c'était peut-être justifiable, mais un 20 sur 20, à l'oral, alors qu'elle savait que je pouvais pas aligner deux mots d'anglais ! J'avais des comptes à rendre !

Je faisais les cent pas à la recherche d'une bonne excuse. J'avais beau me creuser les méninges, les deux options qui s'offraient à moi étaient plutôt claires : soit je balançais mes potes, ce que je ne pouvais pas me résoudre à faire, soit je prétendais avoir agi seul, ce à quoi je ne pourrais pas survivre. Dans tous les cas, j'étais dans la merde !

Je refaisais donc les cent pas pour essayer de me mettre d'accord sur quelle merde était la moins merdique. Je suis resté à réfléchir pendant deux heures et 13 minutes, enfermé dans ma chambre. Et je pense bien avoir perdu deux kilos et 13 grammes pendant le processus. J'avais beau tourner le truc dans tous les sens, je ne voyais pas de porte de sortie… À part peut-être, les pieds devant.

Quand la daronne m'a appelé, j'ai descendu les escaliers aussi lentement que je pouvais, comme un condamné à mort. Je suis arrivé au salon penaud et j'y ai trouvé M. Gomis assis dans un fauteuil, tasse de thé à la main !!! Qu'est-ce qui pouvait bien se tramer, ici ?! La daronne m'invita à m'asseoir sur un ton gentillet qui me fit froid dans le dos. Sans transition, elle demanda à M. Gomis ce qu'il avait à lui dire à propos de *son* fils. C'est à dire MOI.

À la manière dont elle avait dit *mon fils*, je savais qu'elle allait prendre ma défense. Toutefois, j'ai pas senti mon espérance de vie augmenter pour autant. Pour *elle*, c'était une question de propriété. *Elle* m'avait amené dans ce monde et pouvait décider de m'en faire disparaître : *elle*, mais pas un autre !

— Curtis a triché au bac, lâcha M. Gomis sans sourciller.

J'étais reconnaissant envers ma daronne de m'avoir obligé à m'asseoir parce que si j'étais resté debout, je sais pas comment mes genoux auraient réagi. À part me démasquer auprès de ma mère, je comprenais pas du tout ses intentions. Il cherchait quoi exactement : qu'elle aille me balancer ? Ou il avait déjà fait un recours et voulait la prévenir que ça allait arriver… Ou était-ce le dernier coup d'éclat d'un gars qui ne pouvait pas accepter sa défaite ?!

Maman avala une gorgée de thé avant de répondre :

— Je sais, ils ont préparé leur plan à l'étage.

— « Ils » ? demanda Gomis, intrigué.

J'ai bien écrit Gomis, le gars ne mérite plus son « monsieur », la balance ! Maman, quant à elle, opinait du chef. J'aboyai par principe, mais un coup d'œil de la daronne suffit pour me faire taire. Si elle voulait pas que je parle, pourquoi m'avait-elle invité à participer à la conversation ?!

Maman jeta en pâture les noms de MDT et d'Ange. Me sentant trahi, impuissant, je regardai vers le sol. Je l'entendis suggérer que le fils du pasteur était très bon en anglais. Elle savait pour le 20. Puis c'était au tour de « l'Arabe-Noir » de déguster.

— Comment il s'appelle déjà, celui qui aime montrer sa poitrine, là ?

J'en croyais pas mes yeux. Elle avait l'audace de me demander de lâcher le nom de mon pote. Il en était pas question !…

— Adem, je lui soufflai en évitant ses yeux.

Après tout, Adem et moi, ça faisait pas si longtemps qu'on se connaissait.

— Oui. Et puis, bien sûr, y a Makeda. Elle, ça fait un moment que je l'ai pas vue. Mais je suis persuadée qu'elle était le cerveau de l'opération. Mon idiot de fils n'aurait jamais pu faire ça tout seul. S'il faut arrêter quelqu'un après mon fils, c'est elle !

Gomis resta interdit.

J'arrivais pas à croire que ma mère mette Makeda dans la mouise. C'était sa préférée !

— Je veux que tu dénonces Curtis aux autorités, ça lui servira de leçon, balança la daronne.

J'étais dévasté, elle n'allait même pas se battre pour moi. Chercher à négocier. Bien sûr que non, quel genre d'éducation ce serait donner à son unique fils. Je tentai de me lever, en signe de protestation, mais d'un geste de la main, elle m'ordonna de rester assis et de ne pas l'interrompre dans sa vendetta.

— Bien sûr, si tu dénonces Curtis, faudra aussi dénoncer Makeda, poursuivit-elle en laissant ses mots en suspens.

C'était maintenant au tour de Gomis de regarder le sol. Que se tramait-il ?

— Mais ça risque de faire du tort à tous les efforts que t'as fait pour qu'elle obtienne la garde de son frère et de sa sœur, conclut la daronne.

J'avais besoin d'un temps mort, il me fallait quelques secondes pour recoller les morceaux : donc Gomis avait aidé Makeda pour qu'elle obtienne la garde d'Assa et d'Emery ?!

— Qui sait, elle risquerait peut-être de tout perdre avec cette histoire, ajouta la daronne.

C'était quasi imperceptible pour un spectateur extérieur, mais, pour en avoir fait les frais à plusieurs occasions, Maman venait clairement de menacer Gomis… Et elle ne boudait pas son plaisir, je la voyais sourire discrètement en lui proposant de remplir sa tasse. C'était quoi, la prochaine étape : du poison ?! Il refusa poliment tout en analysant ses options pour peu qu'il en ait : s'il choisissait de me balancer, cela signifiait balancer tous mes complices, y compris Makeda. Ma mère veillait au grain. Et vu comment Gomis bégayait, il était pas prêt à sacrifier le soldat Makeda. Ce salaud avait donc un cœur ! Putain, il avait fait un sacré taf pour le cacher !

En escortant Gomis vers la sortie, la daronne lui demanda expressément de rendre visite à sa mère.

— Chaque fois que je la croise au marché, elle se plaint que son fils ne passe jamais la voir.

Gomis eut l'air confus en apprenant la nouvelle. C'était la première fois que je le voyais comme ça. Il avait l'air d'un gosse en détresse, perdu dans un supermarché à la recherche de ses parents.

— Elle a dit qu'elle ne voulait plus jamais me voir, marmonna-t-il avec timidité.

— Vous, les hommes, vous ne pouvez pas comprendre le cœur d'une mère, répliqua ma daronne en me jetant un regard de travers.

Gomis méditait sur ces paroles en prenant la porte sans demander son reste. Alors que je lui emboîtais le pas, ma mère me rattrapa par l'avant-bras.

— Tu vas où, toi ? me dit-elle sur un ton qui suggérait qu'elle n'en avait pas fini avec moi.

En guise de réponse, je lui collai un baiser sur le front.

— J'ai rendez-vous avec la Spip.

Ce n'était pas un mensonge, mais pas toute la vérité non plus. J'avais effectivement rendez-vous, mais seulement une heure plus tard. Elle lâcha mon bras en promettant de s'occuper de mon cas. Son clin d'œil me laissait entendre que ma vie n'était pas en danger.

Je rejoignis Gomis juste au moment où il entrait dans l'ascenseur. On est restés silencieux pendant 2 étages jusqu'à ce qu'il brise le silence.

— Elle est cruelle, ta mère, quand même, finit-il par admettre avec une pointe d'admiration.

J'acquiesçai. Fallait que je m'assure à 100 % que Makeda ne souffrirait pas des conséquences de mes actions. Après tout, Gomis était assez rageux pour se contenter d'une victoire à la Pyrrhus.

— Tu vas faire quoi de ce que ma mère t'a appris ?

— Je vais rendre visite à ma mère, répondit Gomis candidement cette fois-ci.

C'était la première fois que je le voyais sourire pour de vrai. La plupart du temps, ses sourires étaient plutôt de nature « sadique ». Là, c'était différent : il avait l'air… heureux ?

Les portes de l'ascenseur s'ouvrirent, et je le regardais s'éloigner.

— Je suis pas une pomme pourrie.

Les mots étaient sortis de ma bouche sans prévenir. Gomis ne m'avait pas entendu ou il m'avait tout bonnement ignoré. Alors j'ai répété la phrase en criant à pleins poumons, forçant Gomis à réagir.

— La planète ne tourne pas autour de toi, Curtis Batubingila !

Il avait prononcé la phrase sans prendre la peine de me regarder, je ne l'intéressais déjà plus.

J'avais une bonne heure devant moi. Je décidai de passer par le parc du Héron pour me rendre chez la Spip à pied. Je croisais des joggers, des femmes avec des poussettes, des petits dans l'aire de jeux qui repoussaient leurs limites : ils couraient, escaladaient, se balançaient, glissaient, tombaient, chialaient, se relevaient et rebelote. Bref, c'était le cercle de la vie.

Je captais Adem et Makeda, au loin, assis sur un banc public. Les petits cachottiers. Ils étaient tellement attentifs l'un à l'autre qu'ils ne m'avaient même pas remarqué. Je me décidais à emprunter un détour pour ne pas plomber l'ambiance de leur date.

Je tombais sur des couples qui se tenaient par la main en balançant parfois leurs bras au rythme d'une musique que je n'entendais pas. Se tenir la main, le concept en lui-même m'intriguait. Pour qui le faisaient-ils ? Pour quelle raison ? À quoi cela pouvait-il bien servir ? Et surtout, pourquoi j'étais envieux ? Un des tourtereaux capta mon regard indiscret, je détournai les yeux vers le ciel. Le soleil m'obnubilait beaucoup moins qu'à ma sortie de prison. Sûrement parce que je savais que peu importe la durée de la nuit, il finirait toujours par pointer le bout de son nez.

Ironie quand tu nous tiens

Elle était assise dos à moi, face à la fenêtre, en train de contempler le timide soleil lillois. En observant son fauteuil, je pensais à tous les escaliers que j'avais montés pour venir jusqu'ici, les flaques de boue que j'avais contournées, les chemins à peine débroussaillés dans lesquels j'avais marché. Et je réalisai que ce monde était conçu pour nous, les « valides ». Les autres, ils n'avaient qu'à crever la bouche ouverte.

— Vous avez l'air au bout de votre vie, madame Moutoux.

Elle sourit faiblement et finit par se retourner et s'installa derrière son bureau, l'air grave.

— Il y a un peu moins d'une semaine, un groupe de jeunes automobilistes s'est fait agresser devant un restaurant africain.

Son discours me tomba sur le crâne comme une massue, mais je ne laissai rien paraître, elle observait chacune de mes réactions. Il fallait être réactif et limiter la casse.

— J'étais dans le coin quand c'est arrivé.

— Apparemment, t'étais un peu trop près.

— Comment ça ?!

— Un des passagers de la voiture t'a identifié comme l'un de ses agresseurs.

Agresseur ?! Je savais qu'on était interchangeables, mais pas à ce point ! Ni Ange, ni Adem ne me ressemble. En toute objectivité, je suis dix fois plus beau que ces gars-là. La colère passée, je me dis qu'il fallait rester cohérent. Quand Ange a prétendu être moi pendant l'oral d'anglais, j'ai sauté au plafond. Il me restait plus qu'à être bon joueur et apprécier l'ironie de la situation.

— Ça te fait sourire ? souligna Mme Moutoux, énervée.

— Pas du tout, je lui répondis en me débarrassant de mon rictus. Je vous jure que j'ai pas touché à ces gars.

— Je sais déjà que tu les as pas touchés.

Sa réponse était sortie comme un cri du cœur. Elle poursuivit :

— La marge d'erreur du GPS est de 10 à 20 mètres. Ton bracelet indique que t'étais à 50 mètres du lieu de l'agression.

J'appris que les victimes étaient connues des services de police pour leur appartenance à un groupe identitaire. L'un d'entre eux était d'origine serbe, il avait fui la guerre des Balkans ado. Le gars était à peine arrivé en France la veille ! Et il avait l'audace de nous dire de rentrer chez nous alors qu'on est nés ici.

— Pourquoi on a cette conversation alors ?

— Parce que le juge des libertés et de la détention, sous conseil du procureur, a décidé, contre ma recommandation, de te renvoyer en prison… À part si…

— Si j'identifie les agresseurs.

Mme Moutoux hocha la tête gravement, consciente de ce qui m'était demandé.

Je baissai les yeux pour pas qu'elle puisse y voir ma détresse. « Ne les laisse jamais voir que tu souffres, ils risquent de s'en réjouir. » L'une des rares leçons de vie que j'ai reçues du daron.

En pensant à lui, j'ai perdu mon sang-froid. Je me suis emparé de ma chaise pour la lancer contre un mur. J'ai croisé le regard de Mme Moutoux, elle n'a rien dit pour m'arrêter, elle n'a pas bronché. Ça m'a calmé, je me suis rappelé que je détestais quand dans les films les gens fracassent des verres contre les murs ou explosent plusieurs voitures. J'ai reposé la chaise et me suis rassis dessus. J'ai mis mes émotions de côté et réfléchi au problème devant moi.

Pourquoi pas balancer MDT, en tant que mineur et en plus blanc, il s'en sortirait avec une tape dans le dos. Makeda, ça pourrait la mettre dans la merde par rapport à son histoire de garde, et encore. C'est pas comme si l'État avait les ressources pour placer ses gosses. Quelques larmes devant le juge et elle serait sûrement sortie d'affaires. Dans le pire des scénarios imaginables, Adem prendrait du sursis.

Le gros problème, c'était Ange : les flics avaient trouvé ses empreintes sur les lieux d'un de nos vols. Comme ils n'avaient rien à quoi les comparer dans leur base de données, il était passé entre les mailles du filet. Mais si je le donnais, les képis allaient prendre ses empreintes et ils allaient faire le lien. Balancer Ange ne garantissait pas que j'évite la prison. Par contre, le faire garantissait que lui y aille..

J'ai pris une grande inspiration pour me donner du courage avant de me tourner vers Mme Moutoux qui attendait le résultat de mes conclusions.

— Il faisait noir, ils étaient noirs. Je peux pas vous en dire plus.

Mme Moutoux accepta ma réponse sans sourciller. Je lui demandai de m'aider à annoncer la nouvelle à la daronne, la pilule passerait beaucoup mieux si une personne qui incarne l'autorité lui expliquait à quel point ce qui m'arrivait était injuste.

Retour à la case départ

J'étais de retour à la case départ, Loos-Angeles m'attendait à bras ouverts. Sauf que cette fois-ci, j'étais accompagné. Je fermai les yeux, et mon entrejambe, pour savourer l'étreinte de Maman. Ses bras entouraient mes épaules et ma nuque si forts que je ne sais même pas si c'est mon cœur ou le sien qui battait avec autant d'entrain.

Il était temps de partir : après m'être défait de la chaleur de la mamma, je lui assurais qu'on se reverrait dehors neuf mois plus tard. Ils pouvaient pas me garder enfermé éternellement. Je lui tournai le dos sans la regarder pour éviter d'être submergé par le flot d'émotions : on rentre pas en prison avec le cœur en guimauve, c'est le meilleur moyen de se faire marcher dessus une fois à l'intérieur.

En me dirigeant vers la porte anonyme, je faisais le bilan de ma sortie et il était plutôt positif : en un été, j'avais eu mon bac, je m'étais fait de nouveaux amis, je m'étais rabiboché avec la daronne. Neuf mois au vert, ça me laissait amplement le temps de laisser pousser mes cheveux, de me perfectionner à Street Fighter tout en préparant mon prochain braquo : le cœur de Linh.

Je tapai sur l'interrupteur et, en attendant qu'on m'ouvre, je fermai les yeux pour capturer une dernière fois le sentiment de liberté : les rayons de soleil traversaient mes paupières closes. J'entendais le bruit des voitures tracer sur la route à proximité. Je sentais les battements de mon propre cœur. Les bruits de battements d'ailes d'un oiseau au-dessus de moi. Dangereusement proche. Je fis un pas de côté et j'évitai de justesse la merde qui menaçait de s'abattre sur mon épaule. La porte de la prison s'ouvrit et j'y entrais en homme libre. Jeune, coupable et libre. Et je comptais bien le rester, même enfermé.

Références

Page 14
Je suis pas sorti du ventre de ma mère pour vendre de la merde.
Alpha Wann, « Une main lave l'autre », album 2018

Page 122
Personnellement, j'attends pas qu'on me valide, c'est moi qui valide les gens.
Mr Kayz, « La Faute d'Abdoul part. 1 », album *Borderline*, 2023

Page 122
Si la merde avait une valeur ici, les négros naîtraient sans trou du cul.
Oxmo Puccino / Lino d'Arsenik, *La Loi du point final*, 1998

Page 152
Je ne connaîtrai pas la peur car la peur tue l'esprit. La peur est la petite mort qui conduit à l'oblitération totale. J'affronterai ma peur. Je lui permettrai de passer sur moi, au travers de moi. Et lorsqu'elle sera passée, je tournerai mon œil intérieur sur son chemin. Et là où elle sera passée, il n'y aura plus rien. Rien que moi.
Franck Herbert, *Dune* T1, édition Pocket, traduction Michel Demuth, revue par L'Épaule d'Orion et Fabien Le Roy

Page 167
Ils voulaient tous rapper… comme s'ils avaient quelque chose à dire.
Lunatic, *L'Effort de paix*, 2000

Remerciements

Remerciements à l'alpha ; le début de toutes choses.

À la famille Kabuiku, merci pour le système de valeurs que vous m'avez donné, pour le soutien inconditionnel. Merci au daron pour le nom, à la daronne pour me couvrir de prières, mais aussi pour m'avoir donné comme compagnons de route tout ce beau monde :

Yrène, Wilfried, Daddy, Renould, Paty, Amanda, Ricko et Andréa.

Vous êtes tous des sources d'inspiration pour moi à votre manière.

Je vous aime. Y en a même certains d'entre vous que j'aime bien :)

Une spéciale pour les familles Ekwayolo & N'kashama : un seul tronc ; plusieurs branches.

À Nancy, Marcel et Kalala.

Un merci à la famille que j'ai choisie.

À Maïram Guissé, ma part non négociable.

Du genre, on est des auteurs maintenant ! Qui l'aurait cru ?!

À ma go sûre Eva Grécale et à mon Aminata N'diaye ; j'attends que tu me retournes la pareille, il faut que je retrouve mon nom sur les remerciements de ton premier bouquin.

Il en va de même pour ces autrices : Adiaratou Diarassouba, Chloé Malanda, Céleste Sidibe Balin, Elaine Hsiou Hsien, Madeleine Féret Fleury.

À mes phantom : Nat-Olivier Makunga aka Adh merci pour l'écoute ;

Alain « Le Légendaire » Massamba tmtc on en dira pas plus ;

À Zangelo « le K » Isekusu merci pour les passes D ;

Michael « Okyz » Lokindola, on se sait. Fanny Yaya aka Ben Mabrouk, force ;

Sans oublier mon gars Bonazebi Kamara, alias l'homme de l'ordre, qui a eu l'audace d'avoir des vues sur ma cuisse. On pardonne mais on oublie pas 😊.

À mes Lillois de Paname :

Hervé Mapama, Francis Kindu, Landry Biney, ça vient toujours du 60-1, ça bouge pas.

À mon gars Frank Blade AliMbaye Babène, on s'est rencontrés sur le tard, mais la manière dont on a rattrapé le temps perdu c'est ouf. À Pistol Pete aka Mr Kayz, aka Peter Sangana pour avoir toujours été là en embuscade au cas où.

À Kamal Haussmann pour les conseils, la camaraderie et pour avoir organisé ma retraite littéraire à Bali de A à Z.

À ma mentor, Catherine Jean Joseph, toujours de bon conseil.

À mes compagnons d'infortune dans cette industrie : Fred Garson, Tania de Montaigne.

Une spéciale pour Camille Couasse qui m'a introduit à Mille Sabords. Un clin d'œil à la promo 2023. Merci Stéphanie Hahusseau pour les retours pertinents. Merci à Vincent Ravalec et à Laurent Lemarchand pour le soutien, l'encadrement. Un grand merci à ma super agente littéraire Alexandrine Duhin.

Merci à Julie Cartier pour sa foi inébranlable dans le projet ainsi qu'à toute l'équipe de Fleuve qui a suivi derrière : Emeline, Estelle, Lou, Maryannick, Nicolas et Thomas.

À tous ceux qui vont lire cet ouvrage, il vous appartient maintenant.

Remerciements à l'omega, la fin de toutes choses.

Composition et mise en pages
Nord Compo à Villeneuve-d'Ascq

Pour plus d'information :
#lisez! engagé
www.lisez.com
Imprimé sur du papier issu de forêts gérées durablement.

CET OUVRAGE
A ÉTÉ ACHEVÉ D'IMPRIMER
SUR ROTO-PAGE
PAR L'IMPRIMERIE FLOCH
À MAYENNE EN DÉCEMBRE 2025

N° d'impression : 108096
R15945/01
Imprimé en France